이선 프롬

이선 프롬

이디스 워튼 지음 | 손영미 옮김

문예출판사

여기 나오는 이야기는 내가 여기저기서 얻어 들은 것이고, 그런 경우에 으레 그렇듯 말하는 사람마다 그 내용이 조금씩 달랐다.

　매사추세츠주의 스타크필드에 가본 이라면 그 동네 우체국을 기억할 것이고, 그 우체국을 기억한다면 틀림없이 이선 프롬이 마차를 몰고 와 움푹한 구렁말의 등에 고삐를 걸쳐놓고 포장도로를 건너가 우체국의 흰 기둥 쪽으로 가는 모습을 보고 옆 사람에게 그가 누군지 물어본 적이 있을 것이다.

　몇 년 전 내가 그를 처음 보고 심한 충격을 받은 것도 바로 거기였다. 당시 그는 이미 폐인이 된 몸이었지만, 동네에서 가장 인상적인 인물이었다. 그 지방 주민들은 대개 타지 사람들보다 훤칠했으므로, 이선 프롬이 돋보인 것은 그의 큰 키 때문만은 아니었다.

　그가 돋보인 이유는, 족쇄에 묶인 듯 절룩대며 걸었는데도 은

연중에 그의 얼굴에서 풍겨 나오는 어떤 힘 때문이었다. 쓸쓸하고 근접하기 어려운 표정과 뻣뻣한 몸, 흰 머리 때문에 그가 이미 노경에 접어든 줄 알았던 나는 그가 겨우 쉰두 살이라는 말을 듣고 깜짝 놀랐다. 내게 그의 나이를 알려준 이는 허먼 고우였는데, 그는 전차가 들어오기 전에 벳스브리지와 스타크필드 사이를 왕래하는 역마차를 몰았고, 그래서 그 지방 사람들의 내력을 소상히 알았다.

"그 충돌 사고 이후로는 늘 저 꼴이죠. 내년 2월이면 벌써 24년이 되는군요."

허먼은 기억을 더듬느라 간간이 말을 멈추며 이선의 이야기를 들려주었다.

허먼의 얘기로는, 이선의 이마에 붉고 긴 상처가 생기고 마차에서 우체국 창구까지 몇 발짝 걷는 데도 기진할 만큼 오른쪽 반신이 심하게 짧아지고 뒤틀리게 된 것은 바로 그 충돌 사고 때문이었다. 이선은 매일 정오쯤 우체국에 들렀고, 나 역시 그 시간에 우편물을 찾으러 갔기 때문에, 우체국 직원이 편지들을 내오는 동안 나란히 서 있는 경우가 많았는데, 가만히 보니 그렇게 꼬박꼬박 우체국에 오긴 해도《벳스브리지 이글》말고는 별다른 우편물도 없는 눈치였다. 이윽고 직원이 신문을 내주면 그는 보지도 않고 늘어진 호주머니에 푹 쑤셔 넣었다.

그런데 간혹 신문 이외에 제노비아 프롬 부인 또는 지나 프롬 부인 앞으로 된 우편물이 올 때도 있었는데, 봉투의 발신인 난에는 대개 무슨 약품 회사와 약 이름이 눈에 잘 띄게 붙어 있었다. 프롬은 전에도 그런 봉투를 많이 받아본 듯, 눈길 한번 주지 않고 편지와 같이 호주머니에 쑤셔 넣고, 우체국 직원에게 가볍게 인사를 하고는 돌아서 나갔다.

스타크필드 사람들은 모두 그를 알았고, 그의 엄숙한 태도에 어울리게 조용히 인사를 하고 지나갔다. 하지만 그의 과묵한 성격을 아는지라 다들 말없이 지나쳤고 어쩌다 노인들이나 말을 걸었다. 그러면 그는 푸른 눈으로 상대의 얼굴을 응시하며 조용히 듣다가 아주 낮은 소리로 대꾸하고는, 뻣뻣한 동작으로 마차에 올라 왼손에 고삐를 거머쥐고는 집 쪽으로 천천히 달려갔다.

"꽤 큰 사고였나 보죠?"

나는 멀어져가는 그를 응시하다가, 그의 떡 벌어진 어깨가 사고로 일그러지기 전에 그 위에 자리 잡은 밝은색 머리칼, 단아한 머리가 얼마나 멋있었을까 그려보며 허먼에게 물었다.

"끔찍했죠."

허먼이 말했다.

"보통 사람 같으면 살아남지 못했죠. 하지만 그 집안은 원래 강건해요. 지금 저 몸으로도 백 명은 거뜬히 당해낼 걸요."

"설마!"

이때 이선 프롬이 나무 궤짝—거기에도 제약 회사 상표가 붙어 있었다—이 제대로 실렸는지 확인하려고 뒤를 돌아다보았는데, 아마 자기 혼자 있을 때 지을 법한 그런 표정을 하고 있었다.

"저 사람이 백 명을 당해내요? 벌써 죽어서 황천에 가 있는 꼴인데요!"

허먼은 담배를 꺼내더니 귀퉁이를 잘라 입에 넣었다.

"스타크필드에 너무 오래 산 탓일 거예요. 영리한 사람들은 다 떠났죠."

"그런데 저 이는 왜 안 떠났을까요?"

"식구들 때문이죠. 밥벌이 할 사람은 이선뿐이거든요. 아버지, 어머니, 그리고 이제 아내 병구완까지 하고 있죠."

"그리고 사고도 났고요?"

"그렇죠. 사고가 난 뒤로는 도저히 떠날 수 없게 됐죠."

"그랬군요. 사고 후에는 식구들이 저이를 돌봤겠군요?"

허먼은 담배를 천천히 다른 쪽으로 옮겨 물더니 대답했다.

"천만에요. 식구들을 돌본 건 언제나 이선이에요."

허먼은 자기가 아는 한 자세히 프롬 집안 얘기를 들려주었지만 그것만으로는 납득이 안 가는 부분이 많았고, 그런 의문들이 풀려야 일의 진상을 알 수 있을 것 같았다. 그런데 그의 얘기 중에, "스타크필드에 너무 오래 산 탓일 거예요"라는 말이 선명히 뇌리에 남았고, 뒤에 다른 사람들 얘기를 들으며 이런저런 사실을 정리할 때도 그 말이 유익한 길잡이가 되어주었다.

그 동네에 머무는 동안 나는 그게 무슨 뜻인지 차츰 이해하게 되었다. 우리 세대에는 전차, 자전거, 벽지(僻地) 우편 배달 등이 도입되어 외딴 산골 동네 간에도 왕래가 수월해졌고, 벳스브리지나 샛스폴스 같은 큰 읍내에는 근처 시골 청년들이 나와 여가를 즐길 수 있는 도서관, 극장, 청년회관 등도 생겨났다. 하지만 스타크필드에 겨울이 깊어 온 세상이 연일 잿빛 하늘에서 내려 쌓이는 눈 속에 묻히게 되자, 이선 프롬이 젊었을 때 어떤 생활을—생활이라기보다 생존이라야 옳겠지만—했을지 어렴풋이 짐작이 갔다.

나는 코베리 간이역의 큰 발전소 일로 그 지역에 출장을 가 있었는데, 목수들이 계속 파업을 하는 바람에 일이 너무 지체되어 현장에서 제일 가까운 동네인 스타크필드에서 겨울을 나게 되었다. 처음에는 정말 난감했지만 뭐든지 길들기 나름인지라, 지내다 보니 그런 대로 견딜 만했다. 그런데 이상한 것은 그 지역의 상쾌한 기후에 비해 사람들이 너무도 맥이 빠져 있다는 점이었다. 일단 12월의 눈이 그치자 눈부시게 푸른 하늘에서 매일 햇살과 상큼한 공기가 눈 덮인 대지 위로 쏟아져 내렸고, 그러면 눈밭은 더 영롱하게 반짝거렸다. 그야말로 사람의 몸과 마음을 자극하는 기후였는데, 어찌된 일인지 스타크필드 사람들은 1년 중 그 어느 때보다도 기운이 없어 보였고, 얼마 안 가서 그 이유를 알 수 있었다. 그렇게 티 없이 맑은 날씨가 한동안 지속되더니 얼마 안 가 춥고 침침한 날이 줄을 이었고, 2월이 되자 폭풍우가 몰아치고, 3월에는 모진 바람이 불어 왔다.

여섯 달의 겨울이 지난 뒤 스타크필드 사람들이 죽음을 무릅쓰고 요새를 버리고 나온 굶주린 수비 부대 같은 형상이 되는 것도 무리가 아니었다. 20년 전에는 지금보다 훨씬 보잘것없는 자원으로 그런 겨울을 났을 것이고, 다른 동네로 구원을 청하러 가기도 극히 어려웠을 것이다. 그러니 "영리한 사람들은 다 떠났죠"라는 허먼의 말도 이해가 갔다. 그런데 이선 프롬은 왜 여기 남아 있었을까?

당시 나는 네드 헤일 부인이라는 나이 지긋한 과수 댁에서 하숙을 했는데, 부인의 부친은 그 전대에 판사를 역임했고, 그 모녀가 사는 '바념 판사 댁'은 지금껏 그 동네에서 제일 큰 저택이었다. 이 저택은 중앙로 끝에 자리잡고 있었는데, 고전적인 주랑(柱廊) 현관과 오밀조밀한 유리창들이 노르웨이 전나무와 조합교회의 가늘고 긴 첨탑 사이로 행길을 굽어보았다. 가세는 기울었지만 모녀는 어떻게든 가문의 체통을 지키고자 했고, 특히 헤일 부인은 이 빛바랜 구식 저택에 어울리는 창백한 세련미를 지녔다.

나는 매일 저녁, 골골 소리를 내는 카르셀 등잔불 아래 까만 마미단을 댄 마호가니 가구가 은은히 빛나는 이 댁 '주(主)응접실'에서 스타크필드 얘기를 좀 더 소상히 듣게 되었다. 헤일 부인은 우월감보다도 세련된 감성과 교육 덕분에 어느 정도 거리를 두고 주변 사람들을 관찰할 수 있었기 때문에 다른 이들보다 좀 더 정확히 동네 사람들을 이해했다. 그래서 나는 이제 드디어 이선 프롬의 과거 중 내가 몰랐던 부분이나, 지금까지 들었던 사실들을 종합하여 그의 됨됨이를 밝혀줄 어떤 실마리를 잡게 되리라는 기대에 부풀었다. 헤일 부인은 동네의 자질구레한 사건들을 모두 기억했고, 동네 사람들 얘기를 물으면 갖가지 세부 사항까지 곁들여가며 설명해주었다. 그런데 이선 프롬 얘기만 나오면 이상하게 꺼리는 눈치였고, 그렇다고 그를 싫어하는 건 아닌 듯했다.

"네, 그 사람들을 알긴 알아요……. 정말 끔찍한 사고였죠……."

이런 말을 들으면, 내 궁금증을 이해는 하지만, 차마 그 슬픈 사연을 얘기할 수는 없다는 심경인 듯했다.

그런 그녀의 태도가 하도 기이하고, 그 뒤에 숨은 사연이 너무도 애절한 듯싶어 나는 염치 불구하고 다시 허먼 고우를 찾아갔다. 그는 이 얘길 왜 또 꺼내는지 모르겠다는 표정으로 두런거렸다.

"루스 바넘은 항상 쥐 같이 신경이 날카로웠죠. 지금 생각이 나는데 사고 후에 그 둘을 처음 발견한 것도 바로 그 여자였어요. 사고가 난 게 바로 루스와 네드 헤일이 약혼한 무렵, 바넘 판사댁 바로 밑 코베리로(路) 모퉁이였거든요. 하긴 그 당시 젊은 사람들은 서로 절친한 사이였으니까 그 얘길 하기가 쉽지 않겠죠. 자기도 몹쓸 일을 많이 겪었고요."

어디나 그렇듯이 스타크필드 사람들도 생활이 어렵다 보니 이웃의 아픔에 약간 무딘 것 같았고, 모두 이선이 유난히 불우하다는 건 인정했지만 어느 누구도, 가난이나 육체적 고통만으로는 설명하기 어려운 그 표정에 대해 시원스런 해명을 해주지 않았다. 하긴 나 자신도, 혜일 부인의 이상한 침묵이나 그 조금 뒤에 일어난 이선 자신과의 만남이 아니었으면 이런저런 사실을 대충 엮어 맞춰보고 말았을 것이다.

스타크필드에 처음 왔을 때 나는 이 동네에서 말 대여소 겸 잡화점을 운영하는 데니스 이디라는 부유한 아일랜드인에게 나를 매일 간이역행 기차가 서는 코베리 플랫스까지 태워다달라고 부탁을 해놨다. 그런데 한겨울에 이디 씨의 말들이 전염병에 걸리고, 그 병이 다른 말들에게까지 퍼져, 하는 수 없이 나 스스로 통근 방법을 찾아봐야 했다. 이때 허먼 고우가 이선 프롬의 말은 괜찮으니 그에게 부탁해보라고 귀띔해주었다.

나는 깜짝 놀라서 물었다.

"이선 프롬요? 그 사람과 말 한마디 해본 적 없는데, 저를 태워다줄까요?"

허먼의 대답은 더욱 놀라웠다.

"글쎄, 확실히는 모르지만 돈을 주면 실어다줄 거요."

프롬이 가난하고, 그의 농장과 목재소에서 나는 수확이 겨울을 나기에 부족하다는 말은 들었지만, 허먼의 말이 내포하는 만큼 궁색한 줄은 몰랐다.

"글쎄, 프롬도 요새는 전 같지 않아요. 20년 이상을 죽도록 일하다 보면 누구나 지치게 마련이죠. 프롬 농장은 원래 고양이가 핥고 난 우유 그릇같이 척박했고, 목재소 역시 별 가치가 없어요. 이선이 새벽부터 밤까지 열심히 일할 때는 충분하진 않아도 그런 대로 끼니는 때웠는데, 요새는 잘은 몰라도 상당히 곤궁할 거예요. 맨 먼저 그 부친이 건초로 재미를 보더니 실성했는지 돈을 성경 구절 외우듯 헤프게 날리고 갔죠. 그 다음엔 모친이 실성을 해서 갓난애 같이 허약한 몸으로 몇 년을 앓다 갔고, 그 뒤로 이 근방에서 병구완 잘하기로 이름난 그 집안 사람 지나가 병이 났죠. 이선은 병과 근심, 두 가지에 푹 묻혀 살아온 셈이에요."

다음날 아침, 창밖을 내다보니 바넘 댁 전나무 사이로 등이 움푹한 구렁말이 눈에 띄었다. 이선 프롬은 옆에 놓은 담요를 치우고 내가 앉을 자리를 마련해주었다. 그로부터 한 주일 동안 그는 매일 아침 나를 코베리까지 실어다주고, 오후에 다시 싸늘한 스타크필드의 밤 공기 속을 달려 집에 데려다주었다. 동네에서 플랫스까지는 5킬로미터가 채 안 되었지만 늙은 구렁말이 워낙 느려서, 바닥의 눈이 꽁꽁 얼어붙어 썰매´타기에 안성맞춤인 날씨였는데도 한 시간 가까이 걸렸다. 이선 프롬은 왼손에 고삐를 느슨히 쥐고 묵묵히 말을 몰았다. 검게 타고, 꿰맨 자국이 난 그의 얼굴은, 눈 덮인 산들을 배경으로 투구 같은 모자 아래 영웅의 청동상 같이 보였다. 그는 잠자코 앞만 보았고, 내가 뭘 묻거나 농담을 해도 한두 마디 하고선 그만이었다. 그는 마음속에 있던 따뜻하고 다감한 부분이 모두 안으로 숨어버린 채, 고적하고 음울한 주변 풍경의 일부, 또는 그 얼어붙은 슬픔의 화신이 되어버린 것 같았지만, 그렇다고 해서 불친절하다는 느낌은 전혀 없었다. 언뜻 보기에 그는 정신적으로 극심한 고립에 빠져 있는 듯했고, 엄청나게 슬픈 그의 과거가 아니라 스타크필드에서 그동안 겪어온 추위 때문에 그런 고독에 빠져 있다는 느낌을 주었다.

그가 내게 속마음을 보인 건 한두 번뿐이었지만, 그러다 보니 그의 사연이 더욱 궁금해졌다. 그러던 어느 날, 그 전 해에 플로리다에서 기사로 일할 때 얘기를 하면서 스타크필드와 그곳 겨울 날씨를 비교해 보이는 참인데 그가 불쑥 이런 말을 했다.

"네, 저도 한 번 가봤는데, 그 후 오랫동안 그곳 겨울 풍경이 떠오르곤 하더군요. 하지만 이제 다 눈 속에 묻혀버렸죠."

그러고 나서 다시 입을 다물었다. 나는 그 목소리의 변화와 갑작스런 침묵을 바탕으로 나머지를 유추해보는 수밖에 없었다.

그 뒤 어느 날 플랫스에서 기차에 올라 보니 출근길에 읽으려던 책이―생화학의 최신 정보에 대한 책이었을 것이다―눈에 띄지 않았다. 그러고는 책에 대해선 잊었는데 그날 저녁 마차에 타니 프롬이 그 책을 들고 있었다.

"떠나신 뒤 보니 여기 있더군요."

그래서 책을 받아 주머니에 넣고 둘 다 말이 없었는데, 마차가 코베리 플랫스에서 스타크필드에 이르는 긴 등성이를 오르기 시작할 무렵 그가 내 쪽으로 고개를 돌리는 것 같았다.

"그 책에 보니 제가 전혀 모르는 얘기가 있더군요."

나는 그 말보다도 그의 목소리에 서려 있는 이상한 분노에 더 호기심을 느꼈다. 자신의 무지에 대해 경악과 슬픔을 느끼는 듯했다.

"그런 데 관심이 있으세요?"

내가 물었다.

"한때는 그랬습니다."

"그 책에 보니 최근에 일어난 혁신적인 발견의 결과로 말미암은 몇 가지 새로운 사실이 나와 있더군요."

나는 그의 반응을 기다리다가 다시 말을 이었다.

"마저 읽고 싶으면 빌려드리죠."

그는 잠시 망설였다. 그래서 그가 다시 예의 무력함에 굴복하나 싶었는데 뜻밖에도 이렇게 대답했다.

"고맙습니다. 그럼 좀 갖다 보겠습니다."

그러고는 다시 입을 다물었다.

나는 이 일을 계기로 그와 좀 더 허심탄회하게 얘기를 나누게 되길 바랐다. 그렇게 단순하고 단도직입적인 프롬이 그 책에 그 정도의 호기심을 보인다면, 그 분야에 정말 깊은 관심을 갖고 있는 게 아닐까. 그의 형편에 그런 취미와 지식을 갖고 있다니 새삼 그의 내적 욕구와 전혀 동떨어진 그의 처지가 안타까웠고, 그가 혹시 거기서 오는 좌절감을 털어놓지 않을까 기다렸는데, 과거나 현재의 어떤 일 때문에 자신의 내면으로 완전히 침잠해버려 도저히 다른 사람에게 자기의 속마음을 털어놓지 못하는 것 같았다. 그 뒤 그는 책에 대해 아무 말도 없었고, 우리는 아무 일도 없었던 듯, 다시 소극적이고 일방적인 관계로 돌아갔다.

프롬의 마차로 출근한 지 일주일쯤 되던 어느 날, 창밖을 보니 눈이 엄청나게 와 있었다. 밤새 눈보라가 쳤는지 정원 울타리와 교회 담장까지 눈이 넘실거렸고, 들판에는 더 쌓여 있을 것 같았다. 그래서 기차가 연착할 수 있을 것 같고, 오후에 발전소에 잠깐 볼 일이 있었기 때문에, 프롬만 와준다면 어떻게든 플랫스까지 가서 기차를 기다려볼 셈이었다. 그는 날씨 같은 것 때문에 일을 게을리 할 사람이 아니었고 그래서 그가 꼭 올 거라고 믿었는데, 내가 왜 여기서 가정법을 썼는지 모르겠다. 이윽고 시간이 되자 점점 두꺼워지는 망사 장막 같은 눈을 뚫고 그의 마차가 무대 위의 환영처럼 나타났다.

16

그의 성격을 익히 아는지라 나는 제 시간에 와준 것에 대해 놀랍다거나 고맙다는 말은 하지 않았다. 그러나 그가 코베리와 반대쪽으로 말머리를 돌릴 때는 깜짝 놀라서 소리를 쳤다.

"플랫스 아래쪽에 화물차 한 대가 눈에 박혀서 기차가 불통이랍니다."

이선이 매섭게 추운 눈 속을 달리며 설명했다.

"아니 그럼 어디로 태워다주시려고요?"

"지름길로 해서 간이역까지 직접 태워다드리죠."

그가 채찍으로 '학교길' 언덕 쪽을 가리키며 말했다.

"이 눈보라 속에서요? 거기까진 16킬로미터도 넘는데요!"

"시간만 있으면 말이 갈 수 있어요. 오늘 오후에 볼 일이 있다고 하셨으니 꼭 모셔다드릴게요."

그가 하도 차분하게 대답하는 바람에 나는, "이렇게까지 해주시다니, 정말 고맙습니다"라고 할 수밖에 없었다.

"별 말씀을."

그가 말했다.

초등학교 옆에서 길이 갈라지자 이선은 왼쪽으로 방향을 틀어 눈 무게 때문에 안쪽으로 굽은 솔송나무 아래를 지나갔다. 일요일마다 그쪽으로 산책을 다닌 터라 나는 언덕배기에 서 있는, 앙상한 나뭇가지 사이로 보이는 외딴집이 프롬의 목재소임을 알고 있었다. 누런 거품이 이는 시꺼먼 도랑물에 박혀 있는 물레방아, 눈에 짓눌려 늘어진 처마로 보건대 이제 한물 간 목재소임을 알 수 있었다. 프롬은 그 옆을 지날 때 그쪽으로 고개를 돌리지 않았고, 다음 능선을 오를 때까지도 아무 말 없었다. 거기서 1.6 킬로미터쯤 가자 내가 한 번도 가본 적 없는 길가에, 눈 위로 돌들이 숨을 쉬려고 주둥이를 내민 짐승들같이 삐죽삐죽 솟아 있고, 그 뒤로 비탈길에 메마른 사과 과수원이 보였다. 그리고 그너머에는 광활한 눈밭과 하늘 사이에 웅크리고 앉아 주변 풍경을 더욱 고적하게 만드는 뉴잉글랜드 특유의 농가가 보였다.

"제 집입니다."

프롬이 다친 쪽 팔꿈치를 치키며 말했으나 나는 너무도 서글프고 황막한 광경에 넋이 나가 아무 대답도 못했다. 어느 새 눈이 그쳐 눅눅한 햇살에 그 집의 누추함이 낱낱이 드러났다. 문간에는 까맣게 마른 담쟁이덩굴이 매달렸고, 칠이 벗겨진 나무 벽은 눈이 그치면서 일기 시작한 바람에 오들오들 떠는 듯했다.

"아버지가 살아 계실 때는 이보다 컸는데 얼마 전에 제가 기역 자 부분을 헐어버렸어요."

프롬이 왼쪽 손에 쥔 재갈을 당겨 무너져 내린 대문으로 들어가려는 말을 저지하며 말했다.

그제야 나는 이 집이 유난히 쓸쓸하고 왜소해 보이는 이유가 어느 정도는 뉴잉글랜드에서 '기역 자'라고 부르는, 본채의 오른쪽에 달린 나지막한 곁채로, 본채와 나뭇간, 외양간 사이에 있는 창고와 연장고가 없기 때문임을 깨달았다. '기역 자'는 대지에 뿌리박은 이들의 삶을 나타내는 듯한 모습과, 연료와 식량을 담고 있다는 상징적 기능 때문인지, 아니면 그저 사람들이 아침에 차가운 바깥 공기에 떨지 않고도 여기서 일을 시작할 수 있다는 사실이 주는 안도감 때문인지 몰라도, 본채보다 오히려 더 뉴잉글랜드 농가의 중심이자 주춧돌같이 느껴지는 부분이다. 스타크필드를 돌아다니면서 이런 생각을 자주 해서인지 이선의 말투가 어딘지 서글펐고, 줄어든 그 집이 오그라든 그의 몸을 나타내는 듯했다.

"이리 가면 좀 돌아가게 되죠. 하지만 플랫스까지 기찻길이 뚫리기 전에는 이리 많이 다녔답니다."

그가 말했다.

그는 다시 고삐를 당기고, 집을 보여준 바에야 더는 거리낄 게 없다는 듯 천천히 말을 이었다.

"우리 어머님이 그렇게 되신 것도 바로 이 길 때문입니다. 관절염으로 거동을 못 하시게 되자 몇 시간이고 자리에 앉아 이 길을 내다보시곤 했죠. 어느 해 홍수로 벳스브리지 길이 무너져 6개월 간 보수 공사를 하는 바람에 허먼 고우가 이 길로 역마차를 몰고 다니자 어머님은 기운을 차리시고 거의 매일 대문간에 나와 그 사람을 보셨어요. 하지만 철도가 생기고 나서는 거의 인적이 끊겼고, 어머니는 그것 때문에 끝까지 속을 끓이다 가셨죠."

코베리로(路)에 이르니 다시 눈이 쏟아져 집을 가렸고, 이선도 입을 다물어 전과 같은 침묵이 계속되었다. 이번에는 눈이 와도 바람이 그치지 않고, 오히려 더 심해져서 가끔 가다 잔뜩 찌푸린 하늘에서 희미한 햇살이 쏟아져 황량한 눈밭을 비쳤다. 이런 심한 눈 속에서도 프롬 말대로 말이 잘 달려줘서 무사히 간이역에 닿았다.

그쪽 기후를 잘 모르는 나는 오후에 눈보라가 그치고 서녘 하늘이 맑아지자 저녁에는 날씨가 괜찮으려니 했다. 그래서 될 수 있는 대로 빨리 볼 일을 마치고 어둡기 전에 스타크필드에 닿을 생각으로 프롬과 함께 길을 나섰다. 그런데 날이 저물자 구름이 다시 몰려들고 바람이 가라앉더니 폭설이 내리기 시작했다. 그렇게 조용히 심한 눈이 쏟아지니 오전의 강풍과 눈보라보다 더 황당했다. 눈이 마치 깊어가는 어둠, 또는 겹겹이 우리를 엄습해오는 겨울 밤 그 자체같이 느껴졌기 때문이다.

눈이 너무 심하게 쏟아지니 프롬의 침침한 등불도, 방향 감각도, 구렁말의 귀소 본능도 별 소용이 없었다. 두세 번쯤 희미한 이정표가 나타나 우리가 길을 잃었음을 알았지만 다시 어둠 속으로 사라져버리고, 다시 제 길을 찾았을 때는 말이 기운을 잃어가고 있었다. 나는 프롬의 제안을 받아들여 그를 이처럼 고생시킨 것이 미안해서 사정한 끝에 마차에서 내려 그와 나란히 눈 속을 걸었다. 이렇게 1, 2킬로미터를 걷는데 프롬이 언뜻 보기엔 텅 빈 어둠 속을 바라보며, "저게 저희 집 대문입니다" 했다.

그때부터가 제일 힘들었다. 지독한 추위와 강행군으로 나는 지칠 대로 지쳤고, 말 역시 손을 대보니 옆구리가 시계같이 뚝딱거렸다.

"저, 프롬 씨."

내가 입을 열었다.

"이제 됐어요. 들어가세요."

그러자 그가 내 말을 가로막았다.

"선생도 더는 고생하실 것 없어요. 누구도 이 이상은 못 갈 거예요."

말하자면 그가 나를 하룻밤 쉬어 가라고 초대한 셈이었다. 나는 말없이 그를 따라 대문간을 지나고, 마구간에 가서 지친 말을 풀어 쉬도록 해주었다. 그는 마차에 걸린 등불을 떼더니, "이리 오세요" 하며 밖으로 나갔다.

저 앞쪽을 보니 눈 사이로 네모난 불빛이 아른거렸다. 나는 그를 따라 그쪽으로 휘청거리며 걸어갔고, 도중에 하마터면 마당에 있는 깊은 구덩이에 빠질 뻔했다. 프롬은 묵직한 장화발로 현관 계단을 천천히 오르더니 등을 쳐들어 빗장을 열고 나를 집 안으로 안내했다. 그의 뒤를 따라 천장이 낮은 컴컴한 복도를 지나니 역시 불이 안 켜진 사다리식 층계가 보였다. 오른편에 있는 문에서 새어 나온 불빛이 어둠을 가로질렀고, 그 안에서 투덜거리는 여자의 음성이 들려왔다.

프롬은 닳아빠진 기름종이 위에 발을 굴러 장화에 묻은 눈을 떨더니 부엌 의자 위에 등을 내려놓았다. 거기 있는 가구는 그 의자뿐이었다. 그가 문을 열고, "들어오시죠" 하자 그때까지 투덜거리던 여자가 입을 다물었다.

내가 프롬을 이해할 실마리를 찾은 것은 바로 그날 밤이었고, 그때부터 나는 그가 겪어온 일들을 정리하기 시작했다.

1

온 동네가 60센티미터 깊이의 눈에 묻혀 있고, 바람받이에는 눈더미들이 비껴 있었다. 쇳빛 하늘엔 북두칠성이 고드름같이 매달렸고, 오리온자리도 차가운 빛을 내뿜었다. 달은 졌지만, 밤 공기는 그지없이 맑아 흰 눈을 배경으로 집의 뽀얀 앞면들이 느릅나무 사이로 거무스름하게 보이고, 관목 덤불들이 검게 돋보였으며, 교회 지하실에 난 창문에서 새어 나온 노란 불빛들이 끝없는 눈밭 위로 뻗어 있었다.

젊은 이선 프롬은 잰걸음으로 인적 없는 거리를 걸어 언덕, 마이클 이디의 새 벽돌 가게, 문간에 노르웨이 전나무가 두 그루 서 있는 판사 댁을 지나갔다. 이윽고 길이 코베리로(路)로 갈라지는 바넘 씨 댁 문간 반대쪽으로 교회의 가늘고 긴 첨탑과 좁은 주랑이 보였다. 교회 쪽으로 좀 더 다가가자 위쪽 유리창에서 새어 나온 불빛이 건물 옆 벽에 홍예 모양의 그림자를 드리운 게 보였다. 그리고 마당이 코베리로 쪽으로 가파르게 기울어진 쪽으로 난 아래쪽 창문에선 긴 불빛이 새어 나와 지하실 문으로 가는 길에 새로 난 수많은 바퀴 자국을 비추었고, 곁채 처마 밑에는 썰매에 매인 말들이 두툼한 거적을 쓰고 죽 서 있었다.

사방은 쥐죽은 듯 고요했고, 대기도 티 없이 깨끗하고 건조하여 춥다는 느낌이 전혀 안 들었다. 공기가 너무 맑아 마치 눈 덮인 땅과 저 위에 솟은 철탑 사이에 옛사람들이 제6의 원소라고 부른 에테르가 흐르는 것 같았다. 그는 '이건 마치 텅 빈 배기실에 있는 느낌이군' 하고 생각했다. 4, 5년 전, 우스터에서 공대(工大)에 다닐 당시, 그는 친절한 물리과 교수의 실험실에서 일한 적이 있었다. 그의 생활은 지금 그때와 전혀 달라졌지만, 어쩌다 한 번씩 그때 일들이 예기치 않은 순간에 불쑥 떠오르곤 했다. 아버지가 돌아가신 뒤 여러 가지로 어려운 일이 많아 얼마 안 가 학업을 중단했기 때문에, 실제로 무슨 도움이 될 만큼의 학식은 쌓지 못했지만, 그 학교에서의 여러 경험은 그의 상상력을 자극했고, 그로 하여금 사물의 평범한 표면 뒤에 뭔가 심오한 의미가 숨어 있음을 깨닫게 해주었다.

눈길을 걷는 그의 마음속은 지금 바로 그런 심오한 의미로 가득했고, 그런 느낌은 잽싼 걸음이 자아낸 온몸의 열기와 뒤섞였다. 마을을 벗어난 그는 침침한 교회 앞에서 걸음을 멈추고 숨을 몰아쉬며 인적이 끊긴 거리를 둘러보았다. 바넘 판사 댁 아래쪽에 있는 코베리로 비탈길은 스타크필드에서 썰매 타기에 제일 좋은 곳이어서, 날씨가 좋은 날은 썰매꾼들의 환호가 늦도록 교회를 울리곤 했는데, 오늘 밤은 아무도 없이 텅 비어 있었다. 마을은 자정 무렵이면 으레 그렇듯이 고즈넉했고, 안 자는 사람들은 모두 교회에 몰려 있었던 것이다. 교회에서는 춤곡이 드문드문 들려왔고, 넓은 노란 불빛이 음악 소리와 함께 흘러 나왔다.

젊은이는 교회 옆면을 따라 지하실 문 쪽을 향해 비탈길을 내려갔다. 그는 불빛을 피하느라 아무도 밟지 않은 눈밭으로 빙 돌아 천천히 지하실 쪽으로 다가가더니, 어둠속에 몸을 숨기고 조심스럽게 바로 옆에 나 있는 유리창으로 걸어가서는, 곧고 마른 몸을 움츠리고 목을 쭉 빼어 안을 들여다보았다.

차갑고 깨끗한 바깥에서 보니 지하실 안은 열기로 들끓는 듯했다. 가스화로의 금속 반사판은 흰 회벽에 투박한 광선을 내뿜었고, 방 한쪽에 놓은 쇠 난로의 몸체 역시 화산 불에 타오르는 듯이 보였다. 방 안은 청춘 남녀들로 붐볐고, 나이 지긋한 부인네들이 막 창 쪽 벽 앞에 죽 놓인 의자에서 일어서고 있었다. 방금 전에 연주를 끝낸 악사들은―바이올리니스트와 주일에 오르간을 연주하는 아가씨―사람들이 실컷 먹고 남긴 파이와 아이스크림 그릇이 놓인 교단 옆에서 급히 요기를 하는 중이었다. 막 집에 가려고 외투와 쓰개를 가지러 가던 젊은이들은 발이 가볍고 숱 많은 검은 머리의 청년이 방 한가운데로 가서 손뼉을 치자 모두 거기 응했고, 악사들도 다시 음악을 연주하기 시작했다. 벌써 떠날 채비를 거의 마쳤던 춤꾼들도 방 양쪽에 대열을 지어 늘어섰고, 나이 든 이들은 다시 자리에 주저앉았다. 방금 박수를 쳤던 활달한 청년은 사람들 사이를 이리저리 두리번거리더니 앵둣빛 목도리를 두른 아가씨를 찾아 방 끝으로 데리고 가서는 신나는 버지니아 릴 곡에 맞춰 온 방을 가로지르며 춤을 추었다.

프롬의 숨이 가빠졌다. 그 역시 앵둣빛 목도리의 아가씨를 찾느라 열심히 두리번거렸는데 다른 사람이 먼저 그녀를 찾아내는 걸 보니 약이 올랐다. 릴 춤을 시작한 아일랜드계 청년은 춤 솜씨가 뛰어났고, 그의 상대 역시 열기에 취해들었다. 그녀의 가벼운 몸이 점점 더 빠르게 동그라미를 그리며 돌아가자 목도리가 머리에서 풀려나와 어깨 뒤로 흩날렸고, 그녀가 휙 돌 때마다 프롬은 가쁜 숨을 몰아쉬며 웃는 그 입술과 이마 위에 흘러내린 머리카락, 그리고 어지럽게 움직이는 선들 속에서 유일하게 정지해 있는 듯한 그녀의 검은 눈을 바라보았다.

춤꾼들은 점점 더 빨리 돌았고, 악사들도 결승점에 온 기수들이 말을 채찍질하듯 정신없이 악기를 켜댔지만, 프롬에겐 이 춤이 끝없이 길게 느껴졌다. 그는 이따금 처녀에게서 눈길을 돌려 그녀의 상대를 바라보았는데, 그 청년은 춤에 취한 탓인지 건방지게도 그녀를 자기 것으로 생각하는 듯했다. 데니스 이디는 야심 많은 아일랜드계 가게 주인 마이클 이디의 아들이었다. 그의 아버지는 싹싹함과 오만함을 교묘히 결합한 장사 수법으로 스타크필드 최초로 '뛰어난' 사업 수완을 선보인 이였는데, 그가 최근에 지은 벽돌집으로 보건대 그런 수법이 효과가 있는 듯했다. 데니스 역시 그의 뒤를 이을 전망이었는데, 아직까지는 그런 수법으로 스타크필드의 처녀들을 정복하는 사업에 심혈을 기울였다. 이선 프롬은 지금까지 그를 쩨쩨한 녀석 정도로 생각해왔는데, 오늘 밤에는 말채찍으로 후려쳐주고 싶었다. 그는 그 아가씨가 아무것도 모른 채 황홀한 표정으로 그를 올려다보며, 그의 건방진 표정이나 손짓을 의식하지 못하고 그의 손을 맞잡고 있다는 게 도저히 이해가 가지 않았다.

프롬은 아내의 사촌인 매티 실버가 어쩌다 스타크필드로 마실을 가면 꼭 마중을 나갔는데, 이건 매티가 처음 도착했을 때 아내가 내놓은 의견이었다. 매티는 스탬포드 아가씨였는데, 무보수로 지나의 집안일을 거들어주고 있었다. 프롬 부부는 그런 매티가 스타크필드의 생활이 자기 고향과 너무 다르다고 느끼지 않도록 신경을 써주는 게 좋겠다고 생각했는데, 프롬이 쓸쓸한 마음으로 회상했듯이 지나가 그녀를 위해 해준 배려라곤 그게 전부였다.

프롬은 아내가 매티에게 저녁에 놀러 다닐 시간을 주자는 말을 처음 꺼냈을 때는 낮에 농장에서 죽게 일한 후 동네까지 3킬로미터 남짓을 마중 다니는 게 싫어서 뜨악해했지만, 얼마 안 가서 스타크필드에 매일 밤 무슨 행사가 있다면 얼마나 좋을까 바라게 되었다.

매티 실버가 프롬 집에 온 것은 1년 전이고, 매일 이른 아침
부터 저녁 먹을 때까지 몇 번이고 그녀와 마주칠 기회가 있었지
만, 밤에 그녀의 팔짱을 끼고 그의 큰 보폭에 보조를 맞추느라
종종거리는 그녀의 가벼운 걸음걸이를 느끼며 집으로 돌아오는
이런 순간만큼 흡족한 때는 없었다. 그녀가 처음 도착하던 날 프
롬이 플랫스로 마중을 나갔는데, 내리기 전부터 손을 흔들던 그
녀는, "이선 맞죠?" 하고 소리치며 짐을 들고 기차에서 뛰어내
렸고, 이선은 그녀의 조그만 체구를 내려다보며, '일 솜씨는 어
떨지 모르지만 성격만은 명랑하겠구나' 하고 생각했다. 하지만
썰렁한 화롯가에 불을 피운 격이라는 말만으로는 이 활달한 아
가씨가 프롬 집안에 들어와 지금껏 해온 역할을 제대로 묘사할
수 없었다. 그녀는 처음에 프롬이 본 명랑함과 상냥함 외에도,
그보다 더 큰 매력, 즉 극히 예민한 심성을 지녔다. 그녀는 프롬
이 한 번 보여주거나 말한 것을 오랫동안 기억했다가 그가 원할
때마다 생생하고 아름답게 되살려줌으로써 그를 황홀하게 했다.
그가 그녀와의 이런 교감이 얼마나 소중한지 가장 깊이 절감하
는 것은 바로 둘이 밤길을 걸어 집에 돌아올 때였다. 그는 원래
자연의 아름다움에 아주 민감한 편이었는데, 잠시 맛본 대학 교
육은 그로 하여금 그런 감수성에 긍지를 갖게 인도해주었고, 아
주 비참한 순간에도 대지와 하늘을 보면 깊고 강렬한 감동을 느

낄 수 있었다. 하지만 지금까지는 이런 감정을 가슴속에 묻어두고 거기서 오는 아름다움에 처연함마저 느끼곤 했다. 이런 감정, 이런 서글픈 특권을 누리는 이는 세상에서 자기 하나뿐이라고 생각해왔는데, 갑자기 그런 경외감에 전율하는 영혼이 또 하나 나타나서, 자기 지붕 아래서 자기 빵을 먹고, 자기 옆에 서서, "저건 오리온자리, 그 오른쪽에 있는 큰 별은 알데바란이고, 저기 저 벌떼같이 자잘한 별들은 플레이아데스 성단이야"라는 그의 말에 귀를 기울이고, 그가 양치류 덤불 사이로 솟은 화강암에서 빙하기의 거대한 동식물이나 그 이후 생물들의 자취를 담은 화석을 보여주면 넋을 잃은 표정으로 바라보게 된 것이었다. 프롬은 그녀가 그런 자연의 신비에 감동할 뿐 아니라 그걸 가르쳐주는 자신의 학식에도 경의를 느낀다는 사실이 무척 흐뭇했다. 그들은 또 그보다는 모호하지만 더 진귀한 광경이 주는 갑작스럽고 말없는 감동에 싸여 서로의 영혼에 더 가까이 갔다. 산촌의 겨울 풍경 너머로 기우는 차가운 낙조(落照), 금빛 그루터기로 수놓인 언덕 위를 떠가는 구름장들, 그리고 햇살 비치는 눈밭 위에 드리운 솔송나무의 짙푸른 그림자 등등. 언젠가 그녀가, "정말 그림 같아요!"라고 소리쳤을 때 이선은 어느 누구도 그보다 정확히 그 광경을 묘사할 수 없고, 마침내 그의 내밀한 영혼의 소리가 그녀의 입을 통해서 나왔다는 느낌에 빠졌다.

어두운 교회 밖에 선 프롬은 이제 이 모든 것이 스러져버렸다는 느낌에 가슴이 저려왔다. 이 사람 저 사람과 짝을 지으며 방을 미끄러져 가는 매티를 보면서 그는 어떻게 자신의 맥빠진 얘기가 그녀의 관심을 끌었다는 망상에 젖었을까 하는 자괴심에 빠졌다. 그녀와 같이 있을 때를 빼고는 명랑해본 적이 없는 그는 그녀의 즐거운 모습을 보면서 저런 여자가 자기 같은 것에 관심이 있을 리 없다고 단정했다. 그녀가 여러 춤 상대를 보며 짓는 표정은 바로 이선 자신에게 보이던 얼굴, 즉 석양에 반짝이는 유리창 같은 모습이었고, 심지어는 사랑에 빠진 그가 자신에게만 보여준다고 믿었던 그런 몸짓, 즉 뭔가 즐거운 일이 있을 때 고개를 젖히고 웃는 모습이라든가, 귀엽거나 감동적인 장면을 볼 때 천천히 눈을 내리뜨는 모습 등도 지금 다른 이들에게 보이고 있었던 것이다.

그는 그런 그녀를 보며 울적해졌고, 뒤이어 여태껏 무시했던 두려움이 엄습해 옴을 느꼈다. 그의 아내는 매티를 질투한 적은 없지만 요즘 들어 부쩍 그녀가 한 일을 트집 잡거나 이런저런 이유로 헐뜯었다. 지나는 동네 사람들 말마따나 '병자'였고, 프롬 자신도 지나가 정말 자신이 생각하는 만큼 병약하다면, 밤마다 자신의 팔 위에 가볍게 얹혀 집에 돌아오는 이 팔보다는 더 튼튼한 팔을 지닌 하녀가 필요하다는 걸 인정했다. 매티는 원래 집안일에 어울리는 성격이 아니었고, 받아온 교육 역시 마찬가지여서, 무슨 일이든 쉽게 배웠지만, 깜박 잊기를 잘하고 몽상적이었으며, 무슨 일이든 좀처럼 심각하게 받아들이지 못했다. 이선이 보기에 매티는 일단 사랑하는 남자와 가정을 이루면 잠재해 있던 여자로서의 본능이 깨어나 그 일대에서 제일가는 파이와 비스킷을 굽겠지만, 지금으로선 집안일에 전혀 관심이 없는 것 같았다. 처음에 그녀는 솜씨가 너무 형편없어서 이선으로서는 그런 그녀를 두고 실소를 금할 수 없었고, 그녀도 같이 웃었기 때문에 그런 일이 오히려 둘을 가깝게 해주었고, 이선은 힘닿는 데까지 서툰 그녀를 도왔다. 그는 평소보다 일찍 일어나 부엌에 불을 지피고, 밤중에 땔나무를 져 들이고, 낮에 목재소 일을 제쳐두고 집안일을 돌보는가 하면, 심지어는 토요일 밤 지나와 매티가 잠든 뒤에 부엌 바닥을 닦기도 했다. 한번은 밤에 교유기(攪乳器)를 돌리다가 지나에게 들켜 그녀가 아무 말 없이 이상한 눈길을 던지고 지나간 적도 있었다.

요즘 지나는 전처럼 모호하지만 좀 더 신경에 거슬리는 방식으로 불만을 표현했다. 어느 싸늘한 겨울 아침, 이선이 어긋난 유리창에서 들어오는 외풍 때문에 가물거리는 어둠침침한 촛불 속에서 옷을 입는데, 자리에 누웠던 지나가 뒤에서 뭐라고 했다.

"의사 얘기론 제가 집안일을 전적으로 맡아서 하면 안 된대요."

지나는 단조로운 어조로 두런거렸다.

한참 동안 아무 소리 없다가 갑자기 한바탕 쏟아내는 그녀의 버릇을 모르는 바 아니었지만, 그녀가 자는 줄 알았던 이선은 이 말에 소스라치게 놀랐다.

그는 돌아서서 짙푸른 이불 아래 누워 어렴풋하게 보이는, 하얀 베개 때문에 더 어두워 보이는 그녀의 광대뼈 높은 얼굴을 건너다보았다.

"전적으로 맡아서 하다니?"

"매티가 떠난 다음에 당신이 하녀를 못 구하면요."

그는 되돌아서서 면도기를 집어 들고는 몸을 수그리고 세면대 왼쪽에 붙은 깨진 거울에 비친 자신의 쭉 늘인 볼을 들여다보았다.

"매티가 왜 떠나겠소?"

"글쎄, 결혼하면 떠날 거 아녜요."

지나가 뒤에서 두런거렸다.

"아, 걔는 당신이 원하면 언제까지고 있을 거요."

그는 면도기로 볼을 빡빡 밀며 대답했다.

"저는요, 매티 같이 가난한 애가 저 때문에 데니스 이디 같이 영리한 청년을 놓쳤다는 말은 듣기 싫어요."

지나가 애처롭고도 겸손한 어조로 말했다.

이선은 거울에 비친 자기 얼굴을 노려보며 고개를 뒤로 젖히고 귀에서 턱으로 면도를 밀었다. 손이 떨린 건 아니지만, 대답하기 전에 잠깐 여유를 둘 필요가 있었기 때문이다.

"집안일을 혼자 하면 안 된다고 의사 선생님이 직접 아는 애를 하나 소개해주면서 당신한테 말해보라고 하셨어요. 말만 하면 당장 올 것 같던데."

이선은 면도기를 내려놓고 웃으며 등을 폈다.

"데니스 이디? 그게 다라면 그렇게 서둘러 식모를 구할 필요 없을 걸."

"글쎄, 당신하고 상의를 좀 해봐야겠어요."

지나가 고집스럽게 말을 이었다.

그는 서둘러 주섬주섬 옷을 입었다.

"그래, 하지만 지금은 늦어서 안 되겠소."

그는 촛불에 낡은 은제 회중시계를 비춰 보며 말했다.

지나는 더는 말해봐야 소용없다는 걸 눈치 채고 그가 멜빵을 매고 윗도리를 입는 걸 말없이 지켜보다가, 그가 문 쪽으로 나가자 갑자기 날카로운 말투로 말했다.

"요즘은 날마다 면도를 하니까 안 늦는 날이 없네요."

이건 데니스 이디에 대한 모호한 빈정거림보다 훨씬 무서운 예봉이었다. 매티 실버가 온 뒤 그가 매일 면도를 한 건 사실이지만, 깜깜한 겨울 새벽 아내의 곁을 떠날 때 그녀가 깨어 있었다고는 전혀 생각지 못했으며, 어리석게도 그녀가 자기 외모에 생긴 변화를 알아채리라는 생각은 꿈에도 못했던 것이다. 하긴 전에도 한두 번, 무슨 일이 있으면 몇 주일씩 가만히 있다가 지나가는 말 한두 마디로 그동안 자신이 모든 걸 눈치 채고 분석해 왔음을 암시하는 제노비아의 버릇 때문에 은근히 겁이 난 적이 있었지만, 요즘은 그런 어렴풋한 일에 신경 쓸 정신적 여유가 없었다. 언제나 마음을 짓눌러온 아내의 존재는 어느 새 흐릿한 배경으로 물러나버리고, 매티 실버의 모습과 음성만이 그의 생활의 실재가 되어 그녀가 없는 삶은 상상할 수조차 없게 되었다. 그런데 이 순간, 교회 바깥에 서서 데니스 이디와 춤추는 매티를 바라보고 있자니 그동안 간과해온 갖가지 암시와 위협이 무서운 현실로 다가왔다…….

2

안에서 춤꾼들이 몰려나오기 시작하자 이선은 덧문 뒤로 물러서서 단단히 채비를 갖추고 나오는 그들을 지켜보았다. 어쩌다 등불이 흔들려 음식과 춤으로 상기된 그들의 얼굴을 비추기도 했다. 걸어서 온 그 동네 사람들이 먼저 중앙로로 가는 비탈을 올라가고, 인근 촌에서 온 사람들은 좀 더 느긋하게 헛간 앞의 썰매에 몰려 탔다.

"매티, 같이 타고 갈래?"

처마 밑에 서 있던 어떤 여자가 이렇게 소리치자 이선의 가슴이 덜컥 내려앉았다. 그가 서 있는 곳에선 사람들이 나무 덧문을 지나서 몇 발짝 나올 때까지 누군지 얼굴을 볼 수가 없었지만, 그 덧문 틈새로 그녀의 맑은 목소리가 들려왔다.

"싫어, 이렇게 멋진 밤에 왜 썰매를 타고 가니?"

그럼 그녀는 그의 바로 옆, 얇은 판자 너머에 있고, 다음 순간이면 어둠 속으로 걸어 나와, 어둠에 익숙해져 있는 그의 눈에 대낮에처럼 선명히 보일 것이었다. 그는 갑자기 수줍음에 휩싸여 그녀를 부르지 않고 가만히 어두운 담 모퉁이에 서 있었다. 그들의 관계에서 참으로 신기한 일 중 하나는, 처음부터 그녀가 더 재치 있고 세련되고 표현력이 풍부했는데, 그가 그 점에 부담을 느끼지 않고 오히려 어느 정도는 그녀처럼 활달해질 수 있다는 점이었다. 그런데 지금 갑자기 자신이 소풍길에 우스터의 아가씨들을 웃기려고 갖은 애를 쓰던 학생 시절처럼 둔하고 멍청하게 느껴졌다.

그가 여전히 어둠 속에 숨어 있는데, 그녀가 혼자 걸어 나오더니 몇 발짝 앞에서 발을 멈추었다. 그녀는 제일 늦게까지 춤추다 나와서 그가 왜 안 왔을까 궁금해하는 표정으로 사방을 두리번거렸다. 그때 한 청년이 교회에서 나와 그녀에게 바짝 다가갔는데, 두꺼운 외투들을 입어서 마치 한 사람처럼 보였다.

"남자들이 맷 혼자만 남겨두고 다 가버렸나 보지? 그거 너무했군. 비겁하게 다른 아가씨들한테 소문 안 낼게. 난 그런 놈은 아냐."

(이선은 그의 값싼 농담에 치를 떨었다.)

"이봐, 마침 내가 아버지 마차를 몰고 왔으니까 같이 타고 가지, 어때?"

그러자 믿을 수 없다는 말투로 대꾸하는 처녀의 명랑한 음성이 들려왔다.

"댁의 아버지 마차가 왜 여기 있어요?"

"그거야 내가 탈 일이 있으니까 그렇지. 흰점박이 망아지를 끌고 왔지. 오늘 저녁은 어쩐지 마차를 타고 오고 싶더라고."

이디는 의기양양해서 감상조로 큰소리쳤다.

프롬은 그녀가 마음을 정하지 못하고 어쩌면 좋을지 몰라 손가락으로 목도리 끝을 빙빙 감는 걸 보면서도, 절대로 여기서 나서고 싶지 않았다. 그녀의 다음 행동에 자신의 온 목숨이 달린 것 같았지만 말이다.

"말을 풀 테니까 잠깐만 기다려."

데니스가 헛간 쪽으로 뛰어가며 소리쳤고, 그녀는 숨어 있는 이선에게는 견디기 어렵게, 조용히 기다리겠다는 듯 꼼짝 않고 서서 그쪽을 바라보았다.

이선은 그녀가 더는 누군가를 찾는 듯 어둠 속을 살피며 고개를 갸웃거리지 않음을 알아차렸다. 그녀는 데니스 이디가 말을 끌고 나와서 마차에 올라타고 자기 옆 자리에 그녀를 앉히려고 깔개를 젖힐 때까지 가만히 있더니, 잽싸게 몸을 돌려 교회 앞 언덕길로 뛰어갔다.

"안녕, 마차 즐겁게 타고 가세요!"

그녀가 어깨 너머로 소리쳤다.

데니스는 쩔쩔거리며 말에 채찍질을 해 달아나는 그녀를 금세 따라잡았다.

"이봐, 어서 올라타! 이 비탈길에선 마차가 쏜살같이 나가버리니까."

그는 매티의 손을 잡아주려고 몸을 기울이며 소리쳤다.

그녀는 웃으며 대답했다.

"잘 가세요. 전 안 탈 거예요."

그러고는 말소리가 끊어지고 비탈길을 내려가는 그들의 윤곽이 어둠 속에 어렴풋이 보일 뿐이었다. 잠시 후 이디가 마차에서 뛰어내려 고삐를 쥔 채 그녀에게 다가가더니 다른 손으로 그녀의 팔짱을 끼려 했다. 시커먼 절망의 심연 위에 매달려 있던 이선의 가슴은 그녀가 날쌔게 피하는 모습을 보고는 파르르 떨며 평온을 되찾았다. 이윽고 방울 소리를 울리며 마차가 떠나고 그녀가 교회 앞 빈 눈밭을 걸어가기 시작했다.

그가 바넘 판사 댁 앞에 있는 짙은 전나무 그늘 아래께서 그녀를 따라잡자, 그녀가 재빨리 "아!" 하며 돌아섰다.

"내가 맷을 잊어버린 줄 알았지?"

그가 수줍은 기쁨에 차 물었다.

그녀는 정색을 하고 대답했다.

"못 나오시는 줄 알았어요."

"못 나오다니, 왜?"

"오늘 지나가 안색이 안 좋아 보여서요."

"아, 그 사람은 벌써 자러 갔어."

그는 질문이 나오는 걸 애써 참으며 잠시 발을 멈추었다.

"그럼 집까지 혼자 걸어갈 작정이었어?"

"아, 하나도 안 무서워요!"

그녀가 웃으며 대답했다.

전나무 그늘 아래 서 있는 그들 주위로 텅 빈 세계가 별들 아래 넓고 어둡게 빛났다. 그는 마침내 참았던 질문을 던졌다.

"내가 안 오는 줄 알았으면 데니스 이디의 마차를 타고 가지 그랬어?"

"뭐라고요? 그걸 어떻게 아셨어요? 저는 전혀 못 봤는데!?"

그녀가 놀라는 소리와 그의 웃음소리가 봄의 실개천처럼 함께 흘러갔다. 이선은 자기가 깜찍하고 재치 있는 일을 한 것 같아서, 그 효과를 더 지속시키려고 뭔가 기가 막힌 말을 하고 싶었지만 막상 나온 것은 행복에 겨워 더 낮아진 "자, 가지" 하는 소리뿐이었다.

그는 이디가 했던 대로 그녀의 팔을 끼고 그녀 옆구리의 감각을 느꼈다. 두 사람 모두 가만히 서 있었고, 전나무 밑이 아주 어두웠기 때문에 바로 옆에 있는 그녀의 머리가 윤곽만 겨우 보였다. 그는 머리를 숙여 그녀의 목도리에 볼을 비비고 싶었으며, 그녀와 밤새도록 거기 그렇게 서 있어도 좋을 것 같았다. 그녀는 한두 발짝 걷더니 코베리로의 내리막길 어귀에서 멈춰 섰다. 그 비탈길은 썰매 자국이 수없이 나 있어서 나그네들이 긁어놓은 객사(客捨)의 거울 같았다.

"달이 지기 전에는 썰매 타는 사람들이 굉장히 많았어요."

"맷도 한 번 나와서 그 사람들이랑 썰매 타볼래?"

"그러실래요? 그럼 정말 재미있을 거예요!"

"그럼 내일 달이 뜨면 타러 오지."

그녀는 이선의 옆에 바짝 다가와서 가만히 서 있었다.

"하마터면 네드 헤일이랑 루스 바넘이 저 아래 느릅나무에 부딪힐 뻔했어요. 모두들 그 둘이 죽는 줄 알았다니까요."

그녀가 바르르 떠는 게 그의 팔에도 느껴졌다.

"큰일 날 뻔했죠? 둘이 그렇게 사랑하는데!"

"아, 네드는 잘 못 모니까 내가 안전하게 태워줄게."

그가 오만하게 말했다.

그는 자신이 데니스 이디처럼 '큰소리'치고 있음을 깨달았지만, 기쁨에 들떠 제정신이 아니었고, "둘이 그렇게 사랑하는데"라고 할 때 그녀의 말투가 꼭 자기들 둘을 염두에 두고 한 말처럼 느껴졌다.

"그 느릅나무 정말 위험해요. 잘라버려야 하는데."

그녀가 말했다.

"나하고 타도 그 나무가 무섭겠어?"

"전 겁이 없다고 말씀드렸잖아요."

그녀가 가볍게, 거의 무관심한 투로 받아넘기고는 갑자기 총

총히 걸어가기 시작했다.

그는 그녀의 갑작스러운 태도 변화에 즐겁기도 하고 당혹스럽기도 했다. 그녀의 기분은 나뭇가지 사이를 날아다니는 새만큼이나 예측하기 어려웠다. 프롬은 자신의 감정을 드러내거나 그녀의 마음을 물어볼 권리가 없음을 알기 때문에 그녀의 표정이나 목소리 하나하나에 굉장한 주의를 기울였다. 그래서 어떤 때는 그녀가 자기 마음을 알아차린 것 같아 겁이 났다가, 다음 순간에는 그 반대라고 생각하고 절망에 빠지곤 했다. 오늘 밤에는 그동안 쌓여온 갖가지 걱정이 몰려와 그를 거의 절망의 구렁텅이로 몰아넣었고, 아까 데니스 이디를 보내는 장면을 보고 느낀 깊은 기쁨 뒤에 이렇게 무관심한 그녀의 태도를 보니 더욱 견디기 어려웠다. 그런데 그녀와 나란히 '학교길' 둑을 지나 목재소로 가는 골목길까지 왔을 때, 갑자기 뭔가 좀 더 확실한 말을 듣고 싶은 충동에 사로잡혔다.

"맷이 데니스와 릴 춤을 추러 돌아가지 않았으면 날 금방 봤을 거야."

그가 어색하게 입을 열었다. 그 이름을 발음하자니 자기도 모르게 목이 굳어왔다.

"이선, 전 거기 계신 줄 몰랐어요."

"소문이 맞나 보군."

그가 대답 대신 이렇게 말했다.

어둠 속에서 그녀가 걸음을 멈추고 이쪽으로 고개를 휙 돌리는 게 느껴졌다.

"네? 사람들이 뭐라고 하는데요?"

"맷이 우릴 떠나는 건 시간 문제지."

그가 혼자 생각에 빠진 채 중얼거렸다.

"사람들이 그래요?"

그녀가 빈정거리는 투로 묻더니 귀여운 고음이 딱 낮아지며 떨리는 소리로 물었다.

"지나가 이제 절 싫어한다는 뜻이에요?"

두 사람은 어느 새 서로의 팔을 놓고 가만히 서서 상대방의 얼굴을 보려고 애썼다.

"제가 형편없다는 건 저도 알아요."

그녀가 말을 이었다. 그도 뭔가 말을 해보려고 애썼으나 허사였다.

"식모를 두면 제가 지금까지 못 한 일도 잘할 거예요. 그렇다고 제가 기운이 센 것도 아니고. 하지만 지나가 일을 시키면 뭐든지 열심히 하겠어요. 그런데 지나는 저한테 한마디도 안 해요. 어떤 때는 이유 없이 저를 미워하는 것 같고요."

그녀는 갑자기 화가 난 듯 그를 보며 말했다.

"이선 프롬, 말해주세요! 이선도 제가 가버리길 원한다면 몰라도!"

그도 그녀가 가버리길 원한다면 몰라도! 그 말이 그의 상처에 닿는 향유(香油)같이 느껴졌고, 무쇠로 된 별들이 감미로움으로 녹아내리는 듯했다. 그는 다시 한번 자기 마음을 보여줄 무슨 말을 해주고 싶었으나 허사였고, 결국 그녀의 팔짱을 끼며, "자, 가지" 하고 말했다.

그들은 말없이 이선의 정미소가 어둠 속에 솟아 있는 짙은 솔 송나무 그늘을 지나 약간 밝은 들판으로 나왔다. 저 앞 솔송나무 바깥쪽으로 넓은 벌판이 검고 쓸쓸하게 펼쳐졌고, 걷다 보니 쑥 튀어나온 벼랑, 시커먼 잎 진 나무 둥치가 나오기도 했다. 빈 벌판 여기저기, 드문드문 비석처럼 조용하고 차갑게 서 있는 농가들도 보였다. 밤이 하도 조용해서 발 아래 언 눈이 뽀드득 부서지는 소리, 먼 숲속에서 눈의 무게에 눌린 나뭇가지가 소총 같은 소리를 내며 부러지는 소리가 들려왔고, 한 번은 여우 우는 소리에 맷이 종종걸음을 치며 이선에게 매달리기도 했다.

이윽고 이선의 대문간에 서 있는 낙엽송들이 보였고, 그쪽으로 다가가는 사이 이걸로 오늘 저녁 산책이 끝난다는 생각에 말문이 열린 이선이 말했다.

"맷, 우리 집에서 나가고 싶지 않은 거지?"

그녀가 숨막히는 소리로 대답하는 걸 들으려고 그는 고개를 기울였다.

"간다면 어디로 가요?"

가슴 아픈 말이었지만 그 말투는 그를 기쁨으로 휩쌌다. 그는 하려던 말을 잊고 그녀를 꽉 껴안았다. 그녀의 체온이 혈관 속까지 전해 오는 듯했다.

"맷, 우는 거야?"

"아뇨, 제가 왜."

그녀가 떨리는 소리로 대답했다.

그들이 대문간을 지나 낮은 울타리 안쪽 프롬 가 선조들의 묘비가 눈 속에서 삐죽삐죽 솟은 어두운 둔덕 아래를 걸어가는 동안, 이선이 신기하다는 표정으로 그쪽을 바라보았다. "우리도 못 벗어났는데, 네가 감히?"라는 말이 비석 하나하나에 새겨져 있는 것 같아서, 그는 대문을 드나들 때마다, '나도 저 꼴이 될 때까지 여기서 살겠지'라는 생각에 몸서리를 치곤 했다. 그런데 이 순간 그의 마음속에 들끓던, 변화를 향한 모든 욕망이 사라지고, 묘지도 지속과 안정이라는 따스한 느낌으로 다가왔다.

"맷, 영원히 못 가게 할 거야."

이선은 한때 서로를 사랑하던 사자(死者)들도 그를 도와 그녀를 붙잡아줘야 한다는 듯 이렇게 속삭였고, 묘지 옆을 지나면서 이런 생각을 했다.

'우리는 여기서 언제까지고 같이 살 거야. 그리고 그녀가 죽으면 여기 내 옆에 묻힐 거야.'

언덕을 지나 집을 향해 걸으면서 그는 계속 이 생각에 사로잡혀 있었고, 그녀와 지내온 몇 달 동안 이런 꿈에 빠진 이 순간만큼 즐거운 적은 없었다. 언덕을 반쯤 올라왔을 때 맷이 뭔가에 걸려 넘어지면서 몸의 균형을 잡으려고 그의 소매를 붙잡았는데, 그 순간 그의 전신을 휩쓴 열기는 그가 그때까지 꾸던 꿈을 이어주는 듯했다. 그가 처음으로 그녀를 껴안았고, 그녀도 가만히 있었다. 두 사람은 여름 강물 위를 떠가는 기분으로 걸었다.

지나는 보통 저녁을 먹자마자 자러 올라갔는데 오늘 밤에도 덧창이 없는 창문에 불이 꺼졌고, 말라빠진 오이 덩굴이 상장(喪章)처럼 현관에 매달려 있었다. '지나가 죽어서 내걸린 상장이라면' 하는 생각이 이선의 뇌리를 스쳤고, 그 순간 침대 옆 물병에 의치를 담가놓고 입을 약간 벌린 채 침실에서 잠든 아내의 모습이 선명하게 떠올랐다.

그들은 얼어붙은 구스베리 덤불 옆을 지나 집 뒤편으로 걸어갔다. 둘이 동네에서 늦게 돌아오는 날은 지나가 신발 매트 밑에 부엌문 열쇠를 놓아두기 때문이다. 이선은 여전히 이런저런 꿈에 잠긴 채 매티를 껴안고 문 앞에 멈춰 섰다.

"맷."

그는 무슨 말을 할지도 모르는 채 그녀를 불렀다.

그녀가 말없이 그의 품을 벗어나자 이선은 열쇠를 찾으려고 몸을 굽혔다.

"없는데!"

그가 깜짝 놀라 얼굴을 들며 소리쳤다.

그들은 싸늘한 어둠 속에서 서로의 얼굴을 보려고 애썼다. 이런 일은 처음이었다.

"깜빡하셨나 보죠."

매티가 떨리는 목소리로 속삭였지만, 둘 다 지나가 뭘 잊어버릴 사람이 아님을 알았다.

"눈 속으로 굴러갔을 수도 있어요."

둘이 한참 동안 귀를 기울인 뒤에 맷이 속삭였다.

"그럼 누가 밀어낸 거지!"

그도 그녀와 같은 말투로 덧붙였다. 또 다른 공상이 그의 머릿속을 휩쓸고 지나갔다. 혹시 떠돌이들이 다녀간 거라면, 만약……. 그는 집 안에서 무슨 소리가 들리는 것 같아 귀를 기울이다가, 주머니에서 성냥을 꺼내 켜들고 꿇어 앉아 현관 계단 주변에 거칠게 쌓인 눈 위를 찬찬히 비춰보았다.

그런데 무릎을 꿇은 그가 문 아래쪽을 흘깃 보니 희미한 불빛이 새어 나왔다. 이 조용한 집 안에 누가 깨어 있을까? 곧이어 계단을 내려오는 발소리가 들렸고, 그는 다시 떠돌이들 생각을 했다. 이윽고 문이 열리고 그의 아내가 나왔다.

어두운 부엌을 배경으로, 얼굴이 크고 각진 그녀가 한 손으로는 침대 덮개로 납작한 가슴을 가리고, 다른 손에는 등불을 들고 서 있었다. 턱 높이로 치켜든 등불이 움푹 파인 목과 침대보를 쥔 앙상한 팔목을 비추었고, 그 위로는 롤을 감은 머리칼 아래 광대뼈가 튀어 나온 얼굴의 요철이 더 뚜렷이 드러나 보였다.

여전히 매티와 나눈 행복에 잠겨 있던 이선에게 아내의 이런 모습은 새벽녘 잠에서 깨기 직전에 꾼 꿈만큼이나 강하고 선명하게 다가왔다. 여태껏 아내가 어떻게 생긴지도 모르고 살아온 느낌이었다.

그녀가 말없이 옆으로 비켜서자 매티와 이선이 안으로 들어 갔다. 차갑고 건조한 밤 공기 속을 걸어온 그들에게 부엌은 납골 당처럼 냉랭하게 느껴졌다.

"우리가 나간 걸 잊었나 보지, 지나."

이선이 장화 신은 발을 굴러 눈을 털며 농담조로 말했다.

"아뇨, 하도 몸이 아파서 잠을 못 자고 있었어요."

매티가 목도리를 풀며 다가왔다. 싱싱한 입술과 뺨이 목도리 와 같은 앵둣빛으로 물들어 있었다.

"어머, 지나, 어떡하죠? 제가 도와드릴 일 없어요?"

"아니, 없어."

지나가 몸을 돌리며 대답하고 남편에게 말했다.

"바깥에서 눈을 털고 들어오시지."

그러고는 먼저 부엌에서 복도로 나가 등불을 쳐들고 두 사람 이 2층으로 올라갈 때까지 불을 비쳐줄 양으로 서 있었다.

이선 역시 외투와 모자를 거는 못을 찾는 척하며 꾸물거렸다.

두 침실의 문은 좁은 계단참을 사이에 두고 마주 나 있었는데, 오늘 밤은 매티에게 지나를 따라 2층으로 올라가는 모습을 보이기가 정말 싫었다.

"난 좀 더 있다 올라갈게."

그가 부엌 쪽으로 몸을 돌리며 말했다.

그러자 지나가 걸음을 멈추고 그를 바라보았다.

"뭐라구요? 여기서 뭘 하려구요?"

"정미소 회계를 정리해야 하거든."

지나는 계속 그를 노려보았다. 갓 없는 등불이 그녀 얼굴에 난 짜증스러운 주름살들을 현미경처럼 가차없이 비추었다.

"이런 야밤에요? 병나요. 불 꺼진 지가 언젠데."

그는 말없이 부엌으로 걸어갔다. 그러다 매티와 눈길이 마주쳤는데, 그녀의 속눈썹 사이로 조심하라는 눈빛이 내밀하게 드러나 있는 듯했다. 다음 순간 맷이 눈을 내리깔고 상기된 얼굴로 2층으로 올라갔다.

"당신 말이 맞아. 여긴 정말 지독히 춥군."

이선은 이렇게 말하고 고개를 숙인 채 아내를 따라 침실로 들어갔다.

3

다음날 아침, 이선은 일찍 일어나 숲 아래쪽에서 나무를 실어 날랐다.

수정 같이 맑은 겨울 날씨였다. 아침 해가 동녘 하늘에 붉게 떠오르고, 숲가에는 짙푸른 그림자가 서리고, 하얗게 빛나는 벌판 끝에는 먼 숲들이 연기처럼 떠 있었다.

이선은 이렇게 조용한 아침 시간에 산 공기를 깊이 들이마시며 몸에 익은 일을 하는 순간이 생각을 정리하기에 가장 편하다고 느꼈다. 어젯밤 침실 문을 닫고 들어선 두 사람은 말 한마디 없이 자리에 들었다. 지나는 침대 옆 의자에 놓은 약병에서 몇 방울을 따라 마시고는, 노란 융으로 머리를 싸맨 채 저쪽을 보고 누워버렸고, 이선 역시 그녀를 안 보고 자리에 누우려고 서둘러 옷을 벗고 불을 껐다. 매티 방에서는 그녀가 이리저리 움직이는 소리가 들리고, 그녀의 촛불 빛이 계단참을 건너 그의 침실 문 아래로 가늘게 비쳤다. 그는 불빛이 사라질 때까지 그쪽을 응시했다. 이윽고 방 안이 칠흑같이 어두워지고 지나의 갈그랑대는 숨소리만 들려왔다. 이선은 이런저런 생각으로 마음이 착잡했으나 욱신거리는 핏줄과 지친 머릿속을 뒤흔드는 것은 단 하나, 그의 몸에 닿았던 매티 어깨의 따스한 감각뿐이었다. 아까 그녀를 껴안았을 때 왜 키스하지 못했던가? 이건 몇 시간 전까지는 상상할 수도 없는 질문이었다. 아니, 둘이 집 밖에 서 있던 바로 몇 분 전만 해도 그녀에게 키스한다는 건 감히 생각할 수도 없었다. 그러나 불빛에 비친 그녀의 입술을 보고 나서는 그 입술은 자기 것이라는 느낌이 들었다.

지금 청명한 아침 공기 속에서도 그녀의 얼굴이 생생하게 떠올랐고, 그 모습이 마치 붉은 태양빛과 눈 위에 빛나는 광채의 일부인 듯 느껴졌다. 그녀는 스타크필드에 온 뒤 놀라울 정도로 달라졌다. 처음 정거장에서 본 창백하고 삐삐 마른 모습, 그리고 지난 겨울 거센 북풍이 얇은 벽을 뒤흔들고 우박 같은 눈이 틈 많은 유리창으로 들이칠 때 오들오들 떨던 모습도 생각났다!

이선은 매티가 불우한 환경 때문에 어쩔 수 없이 자기 집에 있게 된 것 같아 더욱 안쓰러웠다. 매티 실버는 산골을 벗어나 코네티컷으로 진출하여 한 스탬포드 아가씨와 결혼하고 장인의 번창하는 '약국'까지 이어받아 온 집안의 질투와 선망을 한 몸에 모은 제노비아의 사촌의 딸이었다. 그런데 애석하게도 이 야심 많은 오린 실버는 결과가 수단을 정당화함을 증명할 새도 없이 젊은 나이에 세상을 떠났고, 그가 동원한 수단들이 회계 장부에 소상히 드러나 있었다. 그의 아내와 딸에게는 이 장부가 성대한 장례식 이후에 발견된 게 그나마 다행이었다. 그 뒤 그의 아내는 충격을 못 이겨 세상을 떠났고, 스무 살인 매티는 피아노를 팔아 받은 50달러 이외에는 한 푼도 없는 빈털터리가 되었다. 그녀는 다방면에 재능이 있었지만, 밥벌이에 도움이 될 것은 하나도 없었다. 예컨대 그녀는 모자를 장식하고, 당밀 과자를 만들고, 〈오늘 밤은 늦게 자도 된다네〉를 암송하고, 〈잃어버린 화음〉과 〈카르멘 조곡〉을 연주할 수 있었지만, 속기와 회계를 배우려 하자 몸이 배겨나지 못했고, 백화점에서 여섯 달 동안 점원 일을 하고 나서는 건강을 완전히 버렸다. 그녀의 부친에게 돈을 빌려줬던 친척들은 기독교인답게 악을 선으로 갚고자 갖가지 충고를 해주었지만, 물질적인 도움을 준 사람은 하나도 없었다. 그러던 중 제노비아의 의사가 집안일 도울 하녀를 두라고 권하자 친척들은 이제야말로 그동안 묵은 빚을 받아낼 기회가 왔구나 싶었고, 제노비아 역시 매티가 일솜씨는 없을 것 같지만 잔소리를 들어도 나갈 염려는 없으리라 생각하고 그녀를 들였던 것이다. 매티가 스타크필드에 오게 된 건 그런 연유에서였다.

제노비아는 요란하지는 않지만 견디기 어려운 잔소리를 해댔고, 이선은 처음 몇 달 동안은 매티가 지나에게 대들었으면 하면서도 그 결과가 무서워 몸을 떨곤 했다. 그리고 시간이 지나면서 집안 분위기도 좀 나아지는 듯했다. 매티는 맑은 공기를 마시고 야외에서 긴 여름날을 보내면서 생기와 발랄함을 되찾았고, 지나 역시 복잡한 자신의 병에 대해 생각할 틈이 더 생기자 매티의 잘못에 대해 그리 심하게 따지고 나서지 않았다. 그래서 이선은 척박한 농장과 망해가는 목재소에서 뼈빠지게 일하면서도 이제야 집안에 평화가 깃든 것 같아 마음이 편안했다.

실은 요즈음도 그 평화가 사라졌다는 확증은 없었지만, 어젯밤부터는 막연한 두려움이 그의 마음을 사로잡았다. 지나의 끈질긴 침묵, 매티가 보낸 경고의 눈길, 그리고 상쾌한 아침에 나타나는, 비를 예고하는 징후 같은 갖가지 희미한 예감들이 그의 마음을 짓눌렀다.

그는 너무도 두려운 나머지 남자답게 버티며 다가오는 불행을 미뤄보려 애썼다. 이선은 대낮까지 목재를 운반하고, 그걸 다시 스타크필드에 사는 목수 앤드루 헤일에게 배달해야 했기 때문에 일꾼 조섬 파월에게 걸어서 집에 가라고 하고, 자신이 직접 동네로 내려갈 셈이었다. 그런데 목재를 대충 싣고 털이 덥수룩한 점박이 말들 옆에 앉아 있자니, 갑자기 말들의 김나는 목덜미 앞에 어젯밤에 본 매티의 경고하는 듯한 눈빛이 보이는 듯했다.

"혹시 무슨 일이 있으면 내가 거기 있는 게 낫겠지."

그는 막연히 이런 생각이 들어 조섬에게 말을 풀어 마구간에 갖다 두라는 뜻밖의 지시를 내렸다.

둘은 질퍽거리는 길을 힘들게 걸어 집으로 돌아왔다. 부엌에 들어서니 매티가 난로에서 커피 주전자를 들어올리고 있고, 지나는 벌써 식탁에 앉아 있었다. 이선은 그녀를 보는 순간 그 자리에 우뚝 서버렸다. 그녀는 평소에 입는 실내복과 털 숄 대신 밤색 모직으로 된 외출복을 입고, 아직 컬을 만 자국이 선명한 숱 없는 머리 위엔 딱딱하고 긴 모자를 쓰고 있었다. 이선은 벳스브리지 상가에서 그 모자 값으로 50달러나 치른 일을 분명히 기억했다. 그녀 옆에는 그의 낡은 여행 가방과 신문지로 싼 짐이 놓여 있었다.

"아니, 당신 어디 가?"

그가 소리쳤다.

"몸이 너무 쑤셔서 벳스브리지의 마서 피어스 이모 댁에 가서 하루 자고 새로 온 의사한테 진찰 좀 받아보려고요."

그녀는 곳간에 있는 잼이나 다락에 있는 담요들을 둘러보러 간다는 식으로 아무렇지도 않게 대꾸했다.

지나는 주로 집 안에 들어앉아 지냈지만 이런 식으로 갑자기 일을 벌이곤 했다. 그녀는 전에도 두어 번, 갑자기 이 가방에 짐을 챙겨 들고 벳스브리지나 스프링필드에 있는 새 의사들을 보러 간 적이 있고, 이선은 거기 드는 상당한 비용 때문에 그런 일이 또 생길까 봐 조마조마했다. 지나는 항상 돈이 많이 드는 처방을 받아 왔고, 지난번 스프링필드에 갔을 때는 20달러나 가는 전지를 사 왔는데 사용 방법을 몰라 아직도 그냥 있는 형편이었다. 하지만 오늘은 그녀가 가는 게 너무 반가워서 다른 걱정은 할 틈도 없었다. 이제 보니 어젯밤 그녀가 몸이 아파 잠을 설쳤다고 한 건 사실인 듯했고, 오늘 갑자기 의사를 만나러 가는 걸 보면 평소와 마찬가지로 자신의 건강에 온 정신을 쏟고 있음에 틀림없었다.

그녀는 남편이 반대할 것 같았는지 애처로운 어조로 말을 이었다.

"당신이 나무 배달 때문에 바쁘면 조섬 파월더러 플랫스 기차 시간에 맞춰서 저를 좀 태워다주라고 하세요."

이선의 귀에는 아내의 말이 거의 들리지 않았다. 겨울에는 스타크필드와 벳스브리지 사이를 운행하는 역마차가 끊겼고, 코베리 간이역을 지나가는 기차도 아주 느리고 드물었다. 이선은 이 여행에 걸릴 시간을 헤아려보고 아내가 이튿날 저녁에나 돌아올 것임을 깨달았다……

"조섬 파월도 안 되면."

그녀는 남편이 그것 때문에 아무 말 안 하는 줄 알고 다시 말했다. 그녀는 여행을 떠나기 전에는 늘 말이 많았다.

"아무리 생각해도 이대로 오래 못 버틸 것 같아요. 요즘은 발목까지 쑤시거든요. 다리만 성하면 당신 성가시게 안 하고 스타크필드까지 걸어가서 마이클 이디한테 플랫스까지 태워다달라면 되는데. 그 사람은 어차피 짐을 받으러 거기까지 가니까요. 날씨가 추워도 당신한테 군소리 듣느니 차라리 그렇게 하고 역에 가서 두 시간 기다리는 게 나을 텐데……."

"걱정 마. 조섭한테 태워다주라고 할게."

이선은 정신을 차리고 대답했다. 그는 문득 자신이 지나와 얘기하는 동안 줄곧 매티를 보고 있었음을 깨닫고 억지로 아내 쪽으로 시선을 돌렸다. 창가에 앉아 있는 아내는 바깥 눈밭에서 비쳐 오는 희뿌연 빛 때문인지 보통 때보다 더 파리해 보였고, 귀와 뺨 사이에 나 있는 세 줄의 주름살도 더 짙어 보였다. 좁은 코와 입 양쪽으로는 짜증스런 선이 그어져 있었다. 그녀는 스물여덟인 남편보다 딱 일곱 살 위였지만 벌써 시들어버린 모습이었다.

이선은 뭔가 적당히 할 말을 찾았지만 한 가지 생각이 온 마음을 사로잡아 어쩔 수가 없었다. 즉, 매티가 온 이후 처음으로 지나가 하루 저녁 집을 비우게 된다는 사실이었다. 매티도 이 생각을 하고 있을까…….

그는 지나가 속으로 조섭 파월에게 배달을 시키고 이선 자신이 실어다줘도 되는데 왜 그럴까 의아해할 것 같아 뭔가 적당히 둘러대려 했지만 그럴싸한 구실이 생각나지 않았다. 이윽고 그는 이렇게 말했다.

"내가 태워다줘도 되지만 내가 가야 나무 값을 줄 것 같아서
그래."

그리고 이 말이 나오자마자 아차 싶었다. 거짓일 뿐 아니
라—헤일이 현금을 줄 리가 없었다—지금까지의 경험으로 미
루어 보건대 지나가 병원에 가기 직전에 자기 수중에 돈이 있는
줄 알면 어떻게 될지 뻔했기 때문이다. 그러나 이 순간 그는 동
네 바깥으로는 거의 나가본 적 없는 늙은 말이 끄는 마차로 아내
와 몇 시간을 달리는 지경을 피할 수만 있다면 나중에 어떻게 되
어도 좋다는 심정이었다.

지나는 그의 말을 알아듣지 못한 듯한 표정으로 잠자코 있더
니, 밥그릇을 밀어놓고 큰 병에서 약을 따랐다. 그러고는 빈 병
을 매티 쪽으로 밀며, "냄새를 가셔내고 피클병으로 써라" 했다.

4

이선은 아내가 집에서 나가자마자 외투와 모자를 챙겨 들었다. 그 전날 밤 무도회에서 연주된 어떤 춤곡을 흥얼거리며 설거지를 하던 매티는, "다녀올게, 맷" 하는 이선의 말에 명랑하게, "다녀오세요" 하고 대답했다. 그뿐이었다.

부엌은 포근하고 밝아 보였다. 남쪽 창에서 흘러든 햇살이 이리저리 움직이는 매티, 의자에 앉아 조는 고양이, 앞마당에서 들여놓은 제라늄을 환히 비추었다. 그곳은 이선이 여름에 매티를 위해서 "정원을 꾸민다"면서 가꾼 것이었다. 그는 좀 더 기다렸다가 매티가 설거지를 마치고 바느질하는 모습을 보고 싶었지만, 빨리 나무를 실어다주고 저물기 전에 돌아오고 싶은 생각이 더 간절했기 때문에 바로 집을 나섰다.

동네로 내려가는 동안 그는 계속 저녁에 매티를 보게 되리라는 생각에 몰두했다. 집의 부엌은 어린 시절 어머니가 계실 때같이 '정갈'하거나 반들거리지 않고 꾀죄죄했는데, 신기하게도 지나가 없으니까 아늑하게 느껴졌다. 그는 그날 저녁 매티와 저녁을 먹고 거기 앉아 있으면 어떤 기분이 들까 상상해보았다. 집 안에 단둘이 있는 건 이번이 처음이었다. 난로 양쪽에 내외처럼 앉아, 그는 양말 바람으로 담배를 피우고, 그녀는 언제 들어도 처음 듣는 듯 신선한 그 재미있는 말투로 웃고 재잘거리겠지.

그는 생각만 해도 감미로운 이 장면에 대한 기대, 아내와의 사이에 뭔가 잘못되었다는 느낌이 기우에 지나지 않았다는 안도감에 마음이 들떠, 평소와 달리 휘파람을 불고 노래를 흥얼거리며 눈 덮인 벌판으로 말을 몰았다. 스타크필드의 긴긴 겨울을 외로이 보내온 그였지만, 마음속 깊은 곳에는 아직도 남들과의 교류를 갈망하는 구석이 남아 있었다. 과묵하고 말없는 성격이었지만 남들이 앞뒤 가리지 않고 신나게 노는 걸 보면 내심 부러웠고, 누군가가 정답게 대해주면 그 우정을 말할 수 없이 소중히 여겼다. 우스터에서 학교를 다닐 때도 대개는 자기 혼자, 주위의 여러 모임과 상관없이 지냈지만, 뒤에서 누가 다가와 어깨를 툭 치며, "이시 형"이나, "스팁 형" 하고 허물없이 이름을 부르면 내심 여간 흐뭇하지 않았다. 학교를 그만 두고 스타크필드로 돌아오는 게 그토록 싫었던 것도 실은 여기서는 그런 허물없는 인간 관계를 맺기 힘들기 때문이었다.

고향에 돌아온 그는 해가 갈수록 점점 더 고립되어 갔다. 부친이 사고로 몸져눕자 혼자 힘으로 농사일을 하고 목재소를 꾸려가야 했기 때문에 동네에 내려가 사람들과 어울릴 틈이 전혀 없었고, 모친이 병으로 들어앉게 된 후에는 집 안보다 차라리 들녘의 고적함이 편하게 느껴졌다. 그의 모친도 젊어서는 입이 잰 편이었는데 집안에 우환이 끓고부터는 마치 벙어리가 된 듯 말이 없어졌다. 긴긴 겨울 밤에 어쩌다 아들이, "어머니, 왜 그렇게 아무 말씀 안 하세요?" 하면 그녀는 손가락을 쳐들고, "듣고 있다" 하고 말았다. 폭풍우가 몰아쳐 바람 소리가 요란한 밤, 아들이 말을 걸면 그녀는, "밖이 하도 시끄러워서 네 말이 하나도 안 들린다"며 가로막았다.

모친의 병세가 위독해져서 이웃 동네 사는 사촌 제노비아 피어스가 와 있게 되면서 집 안에 다시 사람 소리가 들렸다. 너무 오랫동안 무서운 정적에 갇혀 살아온 그에게 지나의 수다는 음악만큼이나 감미롭게 느껴졌다. 이 새 목소리가 나타나 구해주지 않았으면 자신도 모친의 꼴이 되었을 것 같았다. 지나는 단번에 모든 걸 이해한 듯, 간호에 대해 아무것도 모른다고 그를 비웃으면서 집안일은 자기한테 맡기고 어서 나가보라고 등을 떠밀었다. 그녀가 시키는 대로 하고, 언제든 자유롭게 밖에 나가 일도 보고 사람들과 어울릴 수도 있다고 생각하니 마음이 가라앉고 그녀가 더욱더 고맙게 느껴졌다. 그녀가 척척 일을 처리하는 걸 보고 있으면 마음이 끌리면서 자신이 더욱 못나 보였다. 그녀는 이선이 그렇게 오래 집안일을 해오면서도 전혀 몰랐던 살림의 지혜를 날 때부터 알고 있었던 눈치였다. 이윽고 모친이 숨을 거두자 그녀는 멍하니 이선에게 어서 가서 장의사를 불러 오라고 하더니, 모친의 옷가지와 재봉틀을 누굴 줘야 하냐고 묻자 여태 그것도 정해놓지 않았냐며 놀라는 눈치였다. 장례식이 끝난 뒤 그녀가 떠날 채비를 하자 이선은 집에 혼자 남는 게 너무 무서워서 자기도 모르게 계속 있어달라고 매달렸다. 그는 가끔 모친이 겨울이 아닌 봄에 돌아가셨으면 자기와 지나 사이에 아무 일 없었을지도 모른다는 생각을 했다…….

결혼 당시 두 사람은 모친의 오랜 병구완으로 진 빚만 청산하면 농장과 목재소를 정리하고 대처에 나가 살기로 합의했다. 이선은 자연의 아름다움은 사랑했지만 농사일에는 취미가 없었기 때문이다. 그는 늘 기술자가 되어 강연회와 큰 도서관이 있고 온갖 행사가 열리는 도시에서 사는 게 꿈이었다. 우스터에서 학교 다닐 때 잠깐 기술자로 일한 적이 있는데, 그 뒤로 이선은 자신이 그 방면에 소질이 있고, 어떻게 해서든 도시에 나가 살고 싶다는 생각을 갖게 되었다. 그리고 이제 지나 같이 '총명한' 아내까지 얻었으니 도시에 나가 자리를 잡는 건 시간 문제였다.

지나의 고향은 스타크필드보다 약간 크고 역에도 가까웠다. 그녀는 처음부터 이런 촌구석 농장에 주저앉을 생각은 전혀 없음을 남편에게 주지시켰다. 그런데 막상 농장과 목재소를 팔려고 내놓으니 영 임자가 나서지 않고, 기약 없이 기다리다 보니 지나의 맘에 드는 곳을 찾기란 하늘의 별 따기였다. 그녀는 스타크필드를 깔보면서도 남에게 무시당하고 살 수는 없다고 했다. 벳스브리지나 샛스폴스같이 작은 곳도 그녀가 활개치며 살 정도로 시골은 아니었고, 이선이 원하는 대도시로 간다면 지나 같은 사람은 바다의 물방울에 불과할 것이었다. 게다가 그녀는 결혼한 지 1년도 안 돼 병색이 돌기 시작하더니 아픈 사람 많은 이 동네에서도 유별난 존재가 되었다. 처음 모친을 수발하러 왔을 때 이선은 그녀를 건강의 화신이라고 생각했는데, 가만히 보니 그녀가 그처럼 간호에 능숙한 건 바로 자신의 병세를 면밀히 관찰하고 연구했기 때문이었다.

그리고 지나 역시 차츰 말수가 줄었다. 농장에 살다 보면 다들 그렇게 되는 걸까, 아니면 그녀 말마따나 이선이 전혀 귀를 기울이지 않기 때문일까. 하긴 그것도 전혀 근거 없는 소리는 아니었다. 그녀는 입만 열면 불평이었고, 그것도 모두 이선의 힘으로는 어쩔 수 없는 일을 가지고 그랬기 때문에, 그로서는 신경질적인 반응을 피하려고 가급적 입을 다물었고, 급기야는 그녀의 말을 들으면서 딴생각을 하는 버릇이 생겼다. 그런데 요즘 들어 그녀를 유심히 관찰해보니 (물론 그럴 만한 이유가 있어서 그랬지만) 그냥 방치할 일이 아닌 것 같았다. 모친의 경우를 돌이켜보니 지나 역시 그렇게 '이상해'지는 것 같았다. 여자들이 그렇게 말이 없어지면 이건 보통 일이 아니었다. 이 동네 누가 무슨 병으로 앓고 있는지 소상히 아는 지나가 모친을 간호하면서 해준 말로 미루어봐도 그 짐작이 맞는 것 같고, 이선 자신이 알기에도 근방 이 집 저 집에 그런 환자들이 있을 뿐 아니라, 그렇게 정신이 이상해진 사람들이 예고 없이 가족을 해친 경우도 더러 있었다. 이선은 가끔 지나의 무표정한 얼굴을 보면서 그런 불길한 예감이 들어 등골이 오싹했다. 또 어떤 때는 그녀가 그렇게 입을 다물고 있는 것은 자신이 모르는 이런저런 의심이나 원망에 근거한 이상한 결론이나 엄청난 계획을 숨기고 있기 때문인 것 같았다. 이건 그녀가 정신 이상일 수도 있다는 생각보다 더 끔찍했는데, 어젯밤 부엌 문간에 서 있는 그녀를 본 순간에도 바로 이런 의심이 들었다.

하지만 그녀가 벳스브리지로 떠난 지금은 그런저런 걱정이 다 사라지고, 매티와 저녁 시간을 같이 보낼 수 있다는 사실만이 머리에 가득했다. 한 가지 마음에 걸리는 것은 지나에게 나무 값으로 현금이 들어올 거라고 얘기한 것이었다. 그 결과는 불 보듯 뻔했다. 그래서 그는 한참이나 망설인 끝에 결국 앤드루 헤일에게 나무 값을 조금만 선불로 달라고 부탁해보기로 했다.

이선이 그 집 마당에 들어서니 헤일도 마침 썰매에서 내려서는 참이었다.

"어서 오게, 이시."

그가 말했다.

"마침맞게 왔구먼."

앤드루 헤일은 혈색이 좋고, 희끗희끗한 수염이 덥수룩했으며, 셔츠 위쪽으로는 두툼한 턱이 보였다. 그는 언제나 말끔한 셔츠 차림에 다이아몬드 커프스 버튼을 달고 다녔기 때문에 부자라고 소문이 났지만, 사업이 잘 되긴 해도 워낙 씀씀이가 헤프고 딸린 식구가 많아 사실은 늘 쩨는 살림이었다. 그와 이선 집안은 오래전부터 가깝게 지냈고, 헤일 부인이 이 근방에서 가장 간병 경험이 많고 요즘도 온갖 병의 증상과 치료법에 대해 다들 인정하는 권위자였기 때문에 지나도 가끔 이 집에 드나들었다.

헤일은 이선의 마차 쪽으로 가더니 땀에 젖은 말의 볼기를 토닥거리며, "자네 이놈들을 아주 애지중지 손질해놨구먼" 했다.

이선은 마당에 나무를 부린 뒤 헤일이 사무실로 쓰는 광의 윤나는 문을 열고 들어섰다. 헤일은 난로에 발을 고이고, 서류가 수북히 쌓인 낡은 책상에 등을 기대고 앉아 있었다. 이 사무실 역시 헤일 자신처럼 포근하고, 쾌적하고, 어수선했다.

"아이구, 이리 와서 몸 좀 녹이게."

그가 이선을 반겼다.

이선은 한참 뜸을 들인 끝에 나무 값을 50달러만 미리 줄 수 있느냐고 물었다. 헤일이 놀라는 기색을 보이자 그는 얼굴이 온통 벌겋게 달아오르는 느낌이었다. 헤일은 보통 세 달에 한 번 나무 값을 계산해주었고, 지금까지 둘이 현금을 주고받은 적은 없었다.

이선은 지금 정말 급한 일이 있다고 사정하면 헤일이 마음을 바꿔 선불을 해줄 수도 있다는 생각이 들었지만, 자존심과 본능적인 신중함 때문에 차마 그럴 수 없었다. 부친이 별세한 이후 줄곧 적자를 면하기 어려운 형편이었지만, 앤드루 헤일, 아니 스타크필드의 그 누구에게도 자신이 궁색하다는 인상을 주기 싫었고, 거짓말을 하기도 싫었다. 돈이 필요하다면 그뿐이지, 왜 필요한지 설명하긴 싫었다. 그러다 보니 지금 당장 필요한 건 아니라는 식으로 어색하게 얘기를 했고, 헤일이 거절했을 때도 그러려니 싶었다.

헤일은 평소와 같은 상냥한 말투로 그의 부탁을 거절했다. 그는 혹시 장난으로 그러는 거 아니냐는 식으로 대꾸하면서, 그랜드 피아노를 산다든가 지붕에 장식탑을 달고 싶어서 그러는 거라면 무료로 해주겠다고 했다.

더는 할 말이 없어진 이선이 잠시 어색하게 앉아 있다가 인사를 하고 일어서는데, 문을 막 나서는 순간 헤일이 그를 불러 세웠다.

"그럼 또 보세. 혹시 형편이 째서 그런 건 아니지?"

"천만에요."

이선은 자존심 때문에 생각할 틈도 없이 대답했다.

"그렇다면 다행이군. 난 요즘 경기가 신통치 않아서, 실은 자

64

네한테 나무 값을 좀 늦게 줘도 되냐고 물어볼 참이었다네. 요즘 일이 많지 않은 데다, 네드와 루스가 살림 차릴 집을 수리하는 중이거든. 참 기분 좋은 일이긴 한데 돈이 퍽 드는군."

그는 양해를 구하는 표정으로 이선을 바라보았다.

"젊은 사람들은 뭐든지 멋진 걸 좋아하잖나. 자네도 알겠지. 지나를 맞아들이려고 집수리한 게 엊그제니까."

이선은 마차를 혜일 집에 맡기고 다른 일을 보러 시내로 향했다. 그 집을 나서노라니 방금 들은 말이 귓가에 맴돌았다. 자기가 지나와 살아온 7년이 스타크필드 사람들에게는 '엊그제' 정도로 보였다고 생각하니 씁쓸했다.

어느 새 날이 저무는지 차가운 회색 황혼 속에 드문드문 불 밝힌 창들이 반짝이고, 그 때문에 길에 쌓인 눈이 더 희어 보였다. 워낙 추워선지 인적이 끊겨 긴 시골길이 온통 이선 차지였다. 그런데 갑자기 경쾌한 방울 소리가 들려 돌아보니 멋진 새 모자를 쓴 데니스 이디가 부친의 밤색 얼룩말을 맨 썰매 안에서 손을 흔들며, "이선, 안녕!" 하고 사라졌다.

그런데 그 썰매가 점점 희미해지는 방울 소리와 함께 자기 집 쪽으로 가는 걸 보자 이선은 조마조마해졌다. 틀림없이 어디서 지나가 벳스브리지에 갔다는 소문을 듣고 그 틈을 타 매티를 만나러 가는 거겠지. 이선은 견디기 어려울 정도로 질투심이 이는 걸 느끼고 내심 부끄러웠다. 매티 때문에 그렇게 격렬한 감정에 사로잡히다니, 순진한 그녀에게 미안한 일이었다.

그는 교회 모퉁이를 돌아 전날 밤 그녀와 서 있던 바넘 댁 전나무 쪽으로 갔다. 그런데 저 앞, 나무 아래 희끄무레한 게 보이더니 그가 다가가자 둘로 나뉘었다 다시 합해지고, 입맞춤 소리가 들리더니, 그를 알아본 듯 웃음기 어린, "아!" 소리가 들려왔다. 그러고는 금방 다시 둘로 나뉘어 하나는 바넘 댁 대문을 탁 닫고 들어가고, 다른 반쪽은 이선의 앞을 쏜살같이 달려 사라졌다. 이선은 자기 때문에 이런 일이 일어난 게 재미있어서 빙긋 웃었다. 하긴 네드 헤일과 루스 바넘이 키스하는 현장을 들켰다 해도 큰일이 날 건 아니었다. 둘이 약혼한 건 온 스타크필드가 다 알았기 때문이다. 이선은 자신과 매티가 어젯밤 그토록 서로에 대한 갈망으로 차서 서 있던 그 자리에서 다른 애인들을 놀래 줬다고 생각하자 은근히 즐거웠지만, 다른 한편으로는 그들처럼 자유롭지 못한 자신들의 처지가 안타까워 가슴이 저려왔다.

그는 헤일 댁에 맡겨두었던 마차를 찾아 타고 집을 향해 긴 오르막길을 달리기 시작했다. 추위는 낮보다 좀 누그러졌지만 구름이 비끗비끗 잔뜩 낀 걸 보면 내일도 눈이 올 것 같았다. 구름 사이로 별이 몇 개 반짝이고 그 주위로 짙푸른 하늘이 보였다. 한두 시간 있으면 달이 집 뒤 언덕배기로 솟아올라 구름 가를 빛으로 물들이다가 그 속으로 사라지리라. 들판이 추위에 몸을 맡기고 긴 겨울잠에 빠져든 듯, 온누리에 쓸쓸한 정적이 감돌았다.

이선은 이디의 썰매 방울 소리가 들릴까 하여 귀를 쫑긋 세웠지만 사방이 쥐 죽은 듯 조용했다. 집 근처에 오자 문간의 낙엽송 사이로 2층에 켜진 불이 보였다. 매티가 자기 방에서 저녁 먹을 채비를 하는 모양이었다. 이선은 그녀가 여기 온 날 저녁, 머리를 손질하고 목에 리본을 매고 내려왔다가 지나의 눈총을 받았던 일을 기억했다.

조상들의 묘지가 있는 둔덕을 지나면서 그는 어릴 때 자기와 같은 이름이 새겨져 있어 아주 신기하게 생각했던 한 비석 쪽을 흘깃 바라보았다.

오십 년을

사랑 속에 살다 간

이선 프롬과 그 아내 인듀어런스의 묘

전에는 남과 50년을 산다는 게 보통 일이 아닌 것 같았는데, 지금 생각하니 그 세월이 순식간에 지나갈 것 같았다. 그러다 문득 자신과 지나가 죽은 후에 그런 문구가 새겨질지도 모른다는 생각이 들어 쓴웃음이 나왔다.

마구간을 여는 순간 이선은 데니스 이디의 밤색 얼룩말이 있지나 않나 싶어 어둠 속을 두리번거렸으나 자기 구렁말이 혼자 잇몸으로 우리를 갉고 있을 뿐이었다. 그는 명랑하게 휘파람을 불며 거적을 깔아주고, 여물통에도 귀리를 평소보다 몇 줌 더 뿌려주고, 마구간 문을 잠그고, 좋은 목소리는 아니지만 힘차게 노래를 부르며 집으로 가는 언덕길을 올라갔다. 그런데 부엌 문간에 이르러 손잡이를 트니 안으로 잠겨 있었다.

이럴 수가, 그는 깜짝 놀라 손잡이를 마구 흔들었다. 그런데 다시 생각해보니 매티가 혼자 집에 있다가 날이 저물자 문을 잠근 건 너무도 당연한 일이었다. 그는 어둠 속에 서서 그녀의 발소리를 기다리다가 아무리 귀를 쫑긋거려도 소식이 없자 환희에 찬 목소리로, "어이, 맷!" 하고 외쳤다.

그러고도 잠시 아무 소리 없더니 이윽고 그녀가 계단을 내려오는 소리가 들리면서 어젯밤에 그랬듯이 문 위쪽에 한 줄기 빛이 보였다. 모든 게 어젯밤과 너무 흡사해서 열쇠 돌아가는 소리가 들리자 혹시 문간에 아내가 나타나는 거 아닌가 싶었으나, 잠시 뒤에 문이 열리고 매티가 나왔다.

그녀는 어제 지나와 똑같이, 등을 치켜든 채 어둠을 등지고 서 있었다. 등불의 높이도 꼭 그만치여서, 불빛이 어제 아내를 비칠 때와 똑같이 선명하게 그녀의 가늘고 싱싱한 목과 어린애처럼 가냘픈 손목을 비추었다. 불빛은 또 그 위로 번지면서 그녀의 입술에 탐스런 윤기를 더하고, 벨벳 같은 부드러움으로 두 눈을 감싸고, 둥글게 굽은 진한 눈썹 위의 우윳빛 이마에 빛을 더했다.

그녀는 평소와 같이 진한 색 옷을 입었고, 목에 리본도 매지 않았지만, 진홍색 리본 한 줄이 땋은 머리채 사이사이에 감겨 있었다. 오늘 저녁의 특별함을 기념하려고 더한 이 작은 장식이 그녀를 놀라울 정도로 아름답게 변화시켰고, 그녀는 여느 때보다 훨씬 크고, 풍만하고, 여성스러워 보였다. 이윽고 그녀가 식탁으로 등을 옮겨 왔다. 정성껏 차린 식탁에는 새로 구운 도넛, 블루베리 잼, 그가 좋아하는 피클이 깜찍한 빨간 유리 그릇에 담겨 있었다. 난로에는 불이 활활 타오르고, 그 앞에 고양이가 편안히 누워 졸린 눈으로 이쪽을 보았다.

이선은 행복감에 목이 멘 채 현관에 외투를 걸고 젖은 신발을 벗어놓고는 다시 부엌으로 갔다. 매티가 식탁에 찻주전자를 내려놓는 동안, 고양이가 응석을 부리듯 그녀의 발에 몸을 비볐다.

"에이, 나비야! 하마터면 넘어질 뻔했잖아."

그러는 그녀의 속눈썹 사이로 웃음이 번져 나왔다.

이선은 그녀의 얼굴이 이렇게 밝은 게 꼭 자기 때문일까 하고 또다시 질투에 사로잡혔다.

"이봐, 맷, 혹시 누가 왔다 갔어?"

그가 난로의 손잡이를 살피는 척 몸을 굽히며 물었다.

그녀가 웃음 띤 얼굴로 고개를 끄덕이며, "네, 한 사람" 하자 그의 안색이 흐려졌다.

"누구?"

그는 눈살을 찌푸리며 허리를 폈다.

그녀는 빙글거리며, "네, 조섬 파월이 돌아오는 길에 커피를 마시러 들렀어요" 했다.

"그래? 그래서 끓여줬어?"

그러고는 괜히 그래야 할 것 같아서, "지나는 제 시간에 플랫스에 도착했대?" 하고 덧붙였다.

"네, 가서 한참 기다렸다 탔대요."

그 이름이 나오자 둘 다 움찔해서 서로 눈길을 피했다. 이윽고 매티가 수줍게 웃으며, "저녁 드셔야죠" 했다.

두 사람이 식탁에 앉자 고양이가 그 사이에 놓인 지나의 의자에 폴짝 뛰어 올랐다. 매티가, "애, 나비야!" 하고 웃자 이선도 웃음을 터뜨렸다.

이선은 조금 전까지만 해도 아무 말이나 하며 막 떠들고 싶었는데 지나의 이름이 나온 뒤로는 왠지 마비가 된 느낌이었고, 매티도 그의 어색한 기분을 눈치 챘는지 눈을 내리깐 채 차만 홀짝거렸다. 그는 말없이 도넛과 피클만 연방 먹어대다가 한참 망설인 끝에, 차를 한 모금 쭉 들이켜고 나서, 헛기침을 하고는 말했다.

"눈이 더 올 것 같던데."

매티 역시 그 말이 대단히 흥미롭다는 표정으로 대꾸했다.

"정말요? 그럼 지나가 더 늦게 올까요?"

그러더니 곧바로 얼굴을 붉히며 얼른 찻잔을 내려놓았다.

이선은 피클을 또 한 개 집어 들고, "그거야 모르지. 이맘때는 플랫스에 폭설이 올 때가 많거든" 했다. 그런데 그 이름이 나오자 다시 멍한 기분이었고, 마치 고양이가 자기 둘 사이에 앉아 있는 느낌이 들었다.

"나비야, 이 욕심꾸러기 같으니라구!"

매티가 소리쳤다.

고양이는 두 사람이 한눈을 파는 사이 슬그머니 식탁 위로 기어 올라가 두 사람 사이에 놓인 우웃병 쪽으로 쭉 몸을 늘였다. 둘이 동시에 몸을 굽혀 병을 잡았고 얼떨결에 그 손잡이 위에서 손이 포개졌다. 이선은 자기 손에 잡힌 매티의 손을 잠시 동안 가만히 잡고 있었다. 그런데 그 틈을 타 살짝 도망치려던 고양이가 피클 그릇을 건드렸는지 쩽그랑 소리와 함께 바닥에 떨어졌다.

매티는 얼른 일어나 깨진 그릇 조각 옆에 주저앉았다.

"아, 이선, 이선! 파삭 깨져버렸어요! 지나가 알면 뭐라고 할까요?"

그는 얼른 정신을 차리고, "글쎄, 무슨 소리가 됐건 고양이한테 해야겠지 뭐!" 하고는 웃으면서 그녀 옆에 쪼그리고 앉아 젓은 유리 조각들을 줍기 시작했다.

그녀가 괴로운 표정으로 그를 쳐다보았다.

"그게 아녜요. 이 그릇은 절대로 쓰면 안 된단 말이에요. 손님들이 와도 안 내놓고, 좋은 그릇만 올려놓는 저 위 칸에 둔 걸 제가 사다리를 딛고 올라가서 꺼내온 거예요. 왜 그랬냐고 물으면 뭐라고 하죠?"

듣고 보니 정말 난감했다. 그는 있는 용기를 다 내 말했다.

"맷이 가만히 있으면 어떻게 알겠어? 내가 내일 똑같은 걸로 사다줄게. 어디서 산 거래? 샛스폴스라도 가서 사오지 뭐!"

"아, 거기 가도 이런 건 없을 거예요! 이건 결혼할 때 받은 거래요. 기억 안 나세요? 목사랑 결혼한 그 고모가 필라델피아에서 보내주신 거잖아요. 그래서 절대로 안 쓴 거예요. 이, 이선, 이선, 이 일을 어쩌면 좋죠?"

그녀가 급기야 울음을 터뜨렸고, 이선은 그녀의 눈물이 한 방울 한 방울 뜨거운 납덩이가 되어 자기에게로 쏟아져 내리는 느낌이었다.

"그만, 맷, 그만. 아, 울지 마, 맷!"

그가 애원했다.

이윽고 그녀가 가까스로 몸을 일으켜 싱크대 위에 유리 조각들을 늘어놓자, 이선도 하릴없이 그녀의 뒤를 따라갔다. 자기들의 저녁이 산산조각 나 거기 누워 있는 느낌이었다.

"그거 이리 줘봐."

그가 갑자기 단호한 어조로 말했다.

그녀는 자기도 모르게 한 발짝 비켜섰다.

"아, 이선, 어떡하려고요?"

그는 말없이 유리 조각들을 집어 들고 밖으로 나가더니 촛불을 켜고 그릇장을 열고는, 맨 위칸에 조각들을 맞춰놓았다. 어찌나 교묘하게 맞췄는지 언뜻 봐서는 멀쩡했다. 내일 아침에 접착제로 붙여놓으면 몇 달이 가도 지나가 눈치를 못 챌 것이고, 그 사이에 샛스폴스나 벳스브리지에 가서 똑같은 걸 사다놓으면 될 것 같았다. 이 일이 금세 탄로날 리 없다는 생각에 한결 가벼워진 걸음으로 부엌에 돌아와 보니 매티는 애처로운 얼굴로 바닥에 쏟아진 피클을 치우고 있었다.

"이제 됐어, 맷, 이리 와서 저녁 마저 먹어."

그가 명령하듯 말했다.

그녀는 이제야 안심이 되는지 눈물 맺힌 속눈썹 사이로 웃어 보였다. 이선은 매티가 그처럼 고분고분 자기 말을 따르는 걸 보고 자부심으로 마음이 한껏 부풀어올랐다. 그녀는 그걸 어쨌느냐고 묻지도 않았다. 산에서 큰 나무를 끌고 목재소로 돌아왔을 때 빼고는 이렇게 흐뭇한 건 처음이었다.

5

  매티가 저녁 설거지를 하는 동안 이선은 외양간에 가서 소들을 살피고 집을 한 바퀴 둘러보았다. 구름 낀 밤하늘 아래 어둠에 싸인 대지가 펼쳐졌고, 사방이 쥐 죽은 듯 조용하여 이따금 먼 숲에서 눈덩이 무너져 내리는 소리가 들려왔다.

  다시 부엌에 돌아와 보니 매티는 그의 의자를 난로 옆에 끌어다 놓고 등 옆에서 바느질을 하고 있었다. 그가 아침에 상상했던 정경 그대로였다. 그는 호주머니에서 담배를 꺼내 들고 불 옆에 가서 두 다리를 쭉 펴고 앉았다. 매서운 추위에 종일 돌아다녀서 몸은 축 늘어지는 느낌이었지만 마음은 가벼웠다. 모든 게 따스하고 조화로우며 영원히 변함없는 별천지에 와 있는 느낌이었다. 그런데 이 완벽함을 깨는 게 딱 하나 있었다. 그가 앉은 데서는 매티의 얼굴이 안 보였던 것이다. 그는 어쩐지 꼼짝하기가 싫어서 한참 있다가 이렇게 말했다.

  "이리 와서 난로 옆에 앉지 그래."

매티는 다소곳이 일어나더니 그의 앞에 놓인 지나의 흔들의 자에 와 앉았다. 아내의 수척한 얼굴이 늘 기대고 있던 얼룩무늬 쿠션 위에 매티의 청순한 얼굴이 가 닿는 순간, 아내의 얼굴이 이 새 얼굴을 지워버린 것 같아 아찔한 느낌이었다. 매티도 금방 뭔가 부자연스럽다는 느낌이 들었는지 바느질감 위로 고개를 푹 숙여 콧날과 머리채 사이에 긴 빨간 리본밖에 보이지 않았다. 이윽고 그녀가, "여기서는 잘 안 보여요" 하면서 등 옆 자기 자리로 돌아가 앉았다.

이선은 난로에 장작을 넣는 척하며 자리에서 일어나 그녀의 옆모습과 불빛에 물든 손이 보이게끔 자기 의자를 옆으로 틀었다. 이 광경을 지켜보던 고양이는 지나의 의자에 뛰어올라 등을 둥글게 구부리고 눈을 가늘게 뜬 채 두 사람을 쳐다보았다.

방 안은 쥐죽은듯 조용하여, 장 위에 놓인 시계가 똑딱거리는 소리, 난로에서 다 탄 나뭇조각이 툭 굴러 떨어지는 소리가 이따금씩 들리고, 연하면서도 날카로운 제라늄 향기가 담배 냄새와 뒤섞였다. 이선의 담배 연기는 등 주변에 푸르스름하게 엉기더니 서서히 방의 어두운 구석으로 퍼져 흐릿한 거미줄처럼 늘어졌다.

두 사람은 편안한 기분으로 이런저런 얘기를 나누었다. 근래 일어난 일들, 눈이 더 올 거라는 추측, 이 다음 번 교회 모임, 동네에서 벌어지고 있는 연애, 분규 등이 두루 거론되었고, 이처럼 일상다반사에 대해 얘기를 나누다 보니, 격렬한 감정 고백이 주기 어려운 어떤 오래된 친밀감이 드는 것 같아서, 이선은 자기들이 지금까지 항상 이런 식으로 저녁 시간을 보내왔고, 앞으로도 영원히 그럴 거라는 몽상에 빠져 들었다.

"맷, 오늘 밤 같은 때 썰매를 타러 가야 되는데."

그는 이렇게 말하며 잠시 동안, 앞으로 시간이 얼마든지 있으니 가고 싶으면 언제든지 갈 수 있으리라는 호사스런 착각에 빠졌다.

그녀는 마주 웃으며 말했다.

"잊어버리신 줄 알았는데!"

"잊다니, 하지만 오늘은 너무 어두워서 썰매 타기 힘들 거야. 내일 달이 뜨면 타러 가지."

즐겁게 고개를 젖히고 웃는 그녀의 입술과 이가 불빛에 반짝였다.

"정말 재미있을 거예요, 이선!"

그는 자기가 무슨 말을 할 때마다 여름날 산들바람에 일렁이는 밀밭처럼 이리저리 바뀌는 그녀의 얼굴을 경이에 차서 뚫어지게 바라보았다. 별 거 아닌 말로 그녀를 이렇게 휘두를 수 있음에 신바람이 난 그는 뭔가 더 멋진 말이 없나 고심하다가, "이렇게 깜깜한 밤에도 나랑 썰매를 타고 코베리로를 내려가면 겁 안 나겠어?" 하고 물었다.

그녀의 볼이 더 붉어졌다.

"이선이 더 겁낼 거예요!"

"글쎄, 아마 그럴 거야. 그 길모퉁이에 큰 느릅나무가 있잖아. 잘못하면 거기 정통으로 부딪힐 거야."

이러면서 그는 자신의 힘과 권위로써 그녀를 그런 위험에서 지켜줄 수 있다는 인상을 주는 것 같아서 신이 났고, 이런 기분을 좀 더 오래 맛보고자 말을 이었다.

"이대로도 좋은데."

그녀는 그가 좋아하는 예의 그 표정으로 눈을 내리깔면서, "네, 이대로도 좋아요" 하며 한숨을 내쉬었다.

그러는 그녀의 말투가 너무 감미롭게 느껴져 그는 담뱃대를 내려놓고 식탁으로 다가앉아서 그녀 쪽으로 몸을 기울이며 그녀가 꿰매는 갈색 옷감의 언저리를 슬며시 잡았다.

"아까 집에 오다가 바넘 댁 전나무 아래서 뭘 봤는지 알아? 맷 친구 하나가 누구랑 키스하고 있던데."

그가 빙글거리며 말했다.

그런데 저녁 내내 하고 싶었던 이 말이 일단 입 밖에 나오자 말할 수 없이 천하고 당치 않게 느껴졌다.

매티는 얼굴이 새빨개지더니 그가 잡은 옷감을 슬며시 잡아 빼고 급히 두세 바늘 떴다.

"루스랑 네드였겠죠."

그녀는 그가 무슨 심각한 문제를 제기한 듯 나지막하게 대답했다.

이선은 이 애길 꺼내면 자기들도 그 비슷한 희롱을 하게 될 거고, 그러다 보면 손을 잡는 등의 가벼운 애무로 이어질 거라고 생각했는데, 일이 이렇게 되니 그녀의 홍조가 무서운 불꽃이 되어 그녀를 에워싸는 것 같았다. 하지만 다른 한편으로는 그게 다 자신이 촌스러운 탓이라는 생각도 들었다. 사실 동네 청년들이 예쁜 아가씨들에게 키스 한두 번 하는 건 다들 예사로 여겼고, 어젯밤 자신이 매티를 껴안았을 때 그녀도 가만히 있지 않았던가. 하긴 그건 깜깜한 밤, 거리낄 것 없는 바깥에서였지. 전통의 힘, 사회적 관습으로 가득한 이 환한 방 안에서의 그녀는 말할 수 없이 멀고 서먹하게 느껴졌다.

그는 어색한 분위기를 바꿔보고 싶어 말했다.

"그 사람들은 곧 식 올리겠지?"

"그러겠죠. 이번 여름에라도 결혼할 눈치던데요."

이렇게 말하는 그녀의 말투가 '결혼'이라는 말을 어루만지는 것 같았고, 그 단어가 마치 마술의 숲에 이르는 비밀 통로같이 느껴졌다. 이선은 왠지 가슴이 찢어지는 듯해서 그녀가 안 보이는 쪽으로 몸을 틀고, "그 다음엔 맷 차례겠지?" 했다.

그녀는 희붐하게 웃으며 말했다.

"왜 그 말을 자꾸 하세요?"

그도 마주 웃으며 말했다.

"실감이 안 나서 그럴 거야."

그가 다시 식탁 쪽으로 몸을 돌려보니 그녀는 눈을 내리깐 채 말없이 바늘을 놀리고 있었다. 그는 경이에 찬 눈으로, 저희들이 짓는 둥지 위를 푸덕푸덕 나는 두 마리 새처럼 좁다란 헝겊 위를 오르내리는 그녀의 두 손을 지켜보았다. 이윽고 그녀가 고개를 돌리지도, 쳐들지도 않은 채 나지막이 물었다.

"지나가 저를 싫어해서 그런 게 아니고요?"

갑자기 아픈 데를 찔린 이선은 딴청을 부리며 더듬거리는 말투로 반문했다.

"뭐라고? 그게 무슨 소리야?"

그녀는 괴로운 눈빛으로 그를 바라보더니 바느질감을 식탁에 내려놓으며 말했다.

"글쎄요, 어젯밤에 그런 생각이 들었어요."

"그 사람이 왜 맷을 미워하겠어?"

"원래 그런 사람이잖아요."

두 사람이 지나에 대해 이렇게 터놓고 얘기한 건 이번이 처음이었다. 지나의 이름이 연거푸 나오자 방 안 구석구석에 그 소리가 메아리치는 것 같았다. 매티는 메아리가 잠잠해지기를 기다리는 듯 한참 아무 말 없더니 다시 말했다.

"이선한테는 아무 얘기 안 하던가요?"

그가 고개를 저었다.

"아니, 전혀."

그녀는 웃으며 고개를 탁 젖혀 늘어진 머리카락을 뒤로 넘겼다.

"그럼 제가 오해한 거네요. 이제 그런 생각 안 할게요."

"그래, 깨끗이 잊어버려, 맷!"

매티는 이렇게 말하는 그의 말투가 갑자기 열기를 띠는 걸 눈치 채고 다시 얼굴을 붉혔다. 그리고 이번에는 갑작스런 홍조가 아니라, 그녀의 마음속에 서서히 퍼져가는 어떤 생각을 내비치듯, 느리고 섬세하게 그녀의 볼이 붉어졌다. 그녀는 일감을 손에 걸친 채 말없이 앉아 있었다. 이선은 뭔가 뜨거운 것이 둘 사이에 놓인 그 좁은 헝겊을 타고 전해오는 것 같아 조심스럽게 손을 내밀어 그 끝을 만졌다. 속눈썹이 파르르 떨리는 걸로 보아 그녀도 그의 손짓을 보며 이쪽에서 마주 흘러가는 열기를 느끼는 것 같았다. 그녀는 헝겊의 저쪽 끝에 두 손을 올려놓고 가만히 있었다.

둘이 이렇게 앉아 있는데 갑자기 뒤에서 무슨 소리가 들려 이선이 돌아보니, 고양이가 벽 앞을 지나가는 쥐를 쫓으려 뛰어내리는 바람에 그때까지 앉아 있던 지나의 의자가 흔들거리고 있었다.

이선은 '내일 이맘때면 아내가 저기 앉아 저렇게 끄덕거리겠지'라는 생각을 했다.

'지금까지 일은 다 꿈이었어. 이렇게 단둘이 저녁을 보내는 건 오늘이 마지막일 거야.'

갑자기 현실로 돌아오자니 마취에서 깨어나는 것보다 더 괴로웠고, 심신이 말할 수 없이 피곤해져서, 무슨 말을 하고 어떤 일을 해야 쉴새 없이 흘러가는 이 순간순간을 붙잡을 수 있을지 그야말로 속수무책이었다.

매티에게도 그런 느낌이 전해진 것 같았다. 갑자기 졸음이 쏟아지는지, 속눈썹이 늘어지고 애써 졸음을 쫓으며 그를 바라보았다. 그리고 그의 손이 헝겊의 한 끝을 완전히 덮은 걸 보더니, 그 헝겊이 자신의 일부라는 듯이 다른 쪽 끝을 꽉 움켜쥐었다. 이러는 매티의 얼굴이 파르르 떨리는 걸 본 이선은 자기도 모르게 머리를 숙여 잡은 천에 입을 맞추었다. 이윽고 자신이 입 맞추는 헝겊이 스르르 빠져나가는 걸 느낀 이선이 정신을 차려보니 매티가 어느새 자리에서 일어나 말없이 바느질감을 챙기고 있었다. 그녀는 돌돌 만 천에 핀을 꽂고 골무와 가위를 챙기더니 언젠가 그가 벳스브리지에서 사다준 예쁜 종이 상자에 집어넣었다.

이선 역시 자리에서 일어나 방 안을 휘 둘러보았다. 옷장 위의 시계가 11시를 쳤다.

"불 괜찮죠?"

그녀가 나지막이 물었다.

그는 난로를 열고 남은 장작을 아무렇게나 몇 번 쑤석거렸다. 그가 다시 몸을 일으켜보니 그녀는 고양이가 자는, 양탄자를 댄 비누 상자를 불 앞에 끌어다놓고, 다시 창 쪽으로 가 제라늄 화분 두 개를 덜 추운 자리로 옮겨놓았다. 그도 매티를 따라가 나머지 화분들을 마저 옮기고, 히아신스 구근이 담긴 금 간 커스터드 그릇과 못 쓰는 뜨개질용 고리를 타고 자란 덩굴나무도 들여놓았다.

매일 밤 하는 이 일들을 마치자, 복도에 있는 촛대에 불을 켜고 등을 끈 다음 자러 가는 일만 남았다. 그녀는 이선이 건네준 촛대를 들고 먼저 부엌을 나갔다. 앞에 든 촛불 때문인지 그녀의 검은 머리가 달을 둘러싼 달무리처럼 보였다.

"잘 자, 맷."

그녀가 첫 계단에 발을 올려놓는 순간 이선이 말했다.

그녀는 돌아서서 잠시 그를 바라보더니, "안녕히 주무세요, 이선" 하고 계단을 올라갔다.

그녀가 문을 닫는 순간 이선은 자신이 저녁 내내 그녀의 손도 잡아보지 못했음을 깨달았다.

6

이튿날 이선은 아침 먹으러 온 조섬 파월이 혹시라도 자신의 행복한 기분을 눈치 챌까 봐 일부러 매티에게 전혀 신경 안 쓰는 척하며, 떠억 버티고 앉아 고양이에게 음식 조각을 던져주기도 하고, 날씨 타령을 하는가 하면, 그녀가 설거지를 하려고 일어섰을 때도 모른 척하고 가만히 앉아 있었다.

그는 자기가 왜 이렇게 행복한지 이해가 안 갔다. 자신과 그녀의 생활에서 달라진 건 아무것도 없었다. 어제 저녁 내내 그녀의 손끝도 건드리지 못했고, 심지어는 눈 한 번 똑바로 응시하지 못했기 때문이다. 하지만 어젯밤의 경험을 통해 그녀와의 삶이 어떨 것인지 짐작할 수 있었고, 그 감미로움을 깰 어떤 짓도 하지 않았다. 매티도 자기가 자제하는 이유를 알 거라는 생각이 들었다…….

겨울에는 특별한 일이 있을 때나 건너오는 조섬 파월이 오늘 들른 이유는 동네로 실어갈 나무가 한 짐 더 남아 있기 때문이었다. 그런데 어제까지 내리던 함박눈이 밤새 진눈깨비로 바뀌면서 길이 온통 얼음장이 되어버렸다. 두 사람은 아침이 되면 대기가 습해지고 오후에는 날이 풀려 마차 몰기에 더 안전할 거라고 생각했다. 이선은 어제와 마찬가지로 아침엔 숲에 나가서 짐을 싣고 오후에나 동네로 내려가야겠다면서, 자기가 동네로 짐을 싣고 갈 테니 파월은 저녁 후에 플랫스에 가서 지나를 실어 오라고 했다.

조섬이 마차에 말을 매러 잠깐 나간 사이 부엌엔 두 사람만 남았다. 매티는 아침 먹은 그릇들을 개수통에 담고 있었는데, 소매를 걷어붙여 가냘픈 팔이 팔꿈치까지 드러났고, 더운 물에서 올라온 김 때문에 이마에 땀방울이 맺히고 텁수룩한 머리카락이 나무의 덩굴손처럼 굽실거렸다.

이선은 목이 멘 채 그녀를 지켜보았다. "이렇게 둘이만 있는 건 오늘이 마지막이겠지" 하고 싶었지만, 겨우 장 위에 놓인 담배쌈지를 호주머니에 넣으며, "저녁 먹기 전에 돌아올게" 했을 뿐이었다.

그녀는 "알았어요, 이선" 하더니 콧노래를 부르며 설거지를 계속했다.

그는 짐을 다 싣는 대로 조섬을 돌려보내고 자기는 동네로 걸어 내려가 피클 그릇을 붙일 접착제를 구해볼 생각이었다. 그런데 여느 때 같으면 짐을 싣고 나서 동네까지 다녀올 시간이 충분

했을 텐데, 이날은 처음부터 모든 게 빗나갔다. 먼저, 수림지로 가는 길에 말 하나가 얇은 얼음판에 미끄러져 무릎을 다쳤다. 그래서 일단 일으켜 세운 뒤 조섭에게 집에 가서 상처를 동여맬 붕대를 가져오게 했다. 설상가상으로, 목재를 싣기 시작하자마자 진눈깨비 섞인 비가 쏟아져 나무 등걸들이 미끈거리는 통에 싣는 시간이 보통 때의 배나 걸렸다. 조섭 말마따나 정말 난감한 날씨였고, 비에 푹 젖은 거적 아래서 덜덜 떨며 발을 구르는 말들 역시 영 한심하다는 눈치였다. 결국 저녁 시간이 훨씬 지나서야 일이 끝났다. 이선은 다친 말을 집에 데려가 상처를 닦아주어야 할 것 같아 마을에 내려가는 건 단념했다.

잘 하면 저녁 먹은 뒤에 나무를 싣고 동네에 내려갔다가 조섭과 지나가 돌아오기 전에 접착제를 사 가지고 집에 올 수도 있겠지만, 혹 그쪽 도로 상태가 아주 나쁘다든가 기차가 연착하지 않는 한 그럴 가능성은 아주 희박했다. 그는 나중에 이 일을 회상하면서 자신이 그때 되지도 않을 일에 얼마나 열렬히 희망을 걸었고 그게 얼마나 가소로운 짓이었나 싶어 쓸쓸한 자기 모멸감에 빠졌다…….

저녁을 마친 그는 조섭에게 질세라 서둘러 길을 나섰다. 조섭은 아직 난로 앞에서 발을 말리는 중이었다. 이선은 매티 쪽으로 힐끗 시선을 돌리며 낮은 소리로, "빨리 갔다 올게" 했다.

확실히는 못 봤지만 그녀가 알았다고 고개를 끄덕인 것 같아 이선은 그걸로 마음을 위로하며 빗속에 집을 나섰다.

동네로 가는 길을 반쯤 내려가다 돌아보니 뒤에서 조섬이 머뭇거리는 얼룩말을 재촉하며 다가왔다. '학교길' 둑을 내려가는 그의 마차를 보자 마음이 더 조급해졌다. 이선이 정신없이 나무를 내려놓고 접착제를 사러 마이클 이디의 가게로 달려가 보니, 이디와 그의 조수는 나가고 없고 보통 때는 좀처럼 안 나오는 데니스가 동네 청년들과 떠들고 있었다. 이선이 들어서자 다들 떠들썩하게 인사를 했으나 아무도 접착제를 찾지 못했다. 이선은 마지막으로 몇 분만이라도 매티와 단둘이 있고 싶은 마음에, 데니스가 가게 여기저기를 들여다보는 동안 답답해 어쩔 줄 몰랐다.

"다 팔렸나? 혹시 아버지가 오시면 어디 남은 게 있는지 알 수 있을 텐데요."

"말은 고맙지만, 지금 좀 바쁘니까 일단 호먼 부인 가게에 가 봐야겠네."

이선은 빨리 집에 가고 싶어 이렇게 말했다.

데니스는 저도 상인이라고, 자기 집에 없는 게 그 집에 있겠느냐고 큰소리쳤다. 이선은 그 말을 귀 너머로 흘려들으며 서둘러 호먼 부인의 가게로 마차를 몰았다. 부인은 뭐가 깨졌기에 그러냐, 찾는 접착제가 없으면 보통 풀로는 안 되겠냐 등등 이런저런 질문을 하면서 한참 여기저기 뒤지더니 이윽고 감기약, 코르

셋 끈 등이 쌓여 있는 구석에서 한 병 남은 접착제를 찾아냈다.

"설마 지나가 아끼는 그릇을 깬 거 아니죠?"

그녀는 길을 나서는 이선에게 물었다.

조금 전까지는 이따금씩 진눈깨비가 뿌리더니 그 사이에 또 날씨가 변해 이제 본격적으로 비가 쏟아지고 있었다.

7

이선은 현관에 비에 젖은 옷을 걸고, 지나가 내려오나 눈치를 보고는, 아무 기척이 없자 2층에 대고 그녀를 불렀다. 그래도 아무 소리 없자 잠시 망설이다가 2층으로 올라가 그녀 방의 문을 열었다. 방 안이 어둡긴 했지만, 그래도 창가에 반듯이 앉아 있는 그녀의 모습이 보였다. 유리창을 배경으로 선명하게 드러난 윤곽으로 보건대, 그녀는 아직도 여행길에 입었던 옷을 그대로 입고 있었다.

"어이, 지나."

그가 문간에서 말문을 열었다.

그녀가 꼼짝 않자 그가 다시 말했다.

"밥이 다 된 것 같은데 내려오지 그러오?"

"한 입도 못 먹을 것 같아요."

이건 평소에도 늘 하는 소리였다. 그래서 이선은 그녀가 오늘도 그 말을 하고 조금 있다 일어나서 저녁을 먹으러 같이 내려가려니 했다. 그런데 그녀가 한참이나 꼼짝 않자 어떻게 할까 생각하다가 말을 이었다.

"마차를 오래 타고 와서 피곤하겠지."

그러자 지나가 이쪽으로 고개를 돌리더니 무거운 어조로 말했다.

"내 병은 당신이 생각하는 것보다 훨씬 더 중해요."

그는 이 말에 더욱 놀랐다. 평소에 늘 듣던 소리였지만, 그게 사실이라면 어떻게 해야 하나? 그는 어두운 방 안으로 한두 발짝 더 들어섰다.

"설마 그럴 리가, 지나."

그녀는 어둠 속에서 침울하면서도 엄숙한 자태로 그를 건너다보았다. 마치 뭔가 특별한 숙명을 짊어진 사람 같은 태도였다.

"합병증이 생겼대요."

그녀가 말했다.

그렇다면 이건 보통 일이 아니었다. 이런저런 병으로 아픈 사람은 한둘이 아니었지만, '합병증'은 아무나 걸리는 게 아니었던 것이다. 잡다한 병에 걸린 사람은 몇 년씩 버텼지만 '합병증'의 경우는 대개 금방 세상을 떠났다.

이선은 갈등에 휩싸였다. 하지만 일단은 동정심이 더 컸다. 어둠 속에 앉아 그런 생각을 하는 아내의 모습이 말할 수 없이 날카로우면서도 쓸쓸해 보였다.

"새로 만난 의사가 그랬소?"

그는 본능적으로 목소리를 낮추며 속삭였다.

"네, 그이 말로는 다른 의사들 같으면 수술을 권했을 거래
요."

이선은 동네 아낙들이 수술이라는 중대사에 대해 어떻게 생
각하는지 알았다. 아무나 못 하는 게 수술인 만큼 그걸 크나큰
영예라고 생각하는 축들이 있는가 하면, 다른 이들은 점잖지 못
한 일이라며 기피했다. 이선은 워낙 살림이 쪼들리는지라, 지나
가 후자에 속하는 걸 항상 다행으로 생각해왔다.

그는 이 갑작스런 소식에 어찌할 바를 몰라 일단 그녀를 달래
보기로 했다.

"근데 그게 믿을 만한 거요? 다른 의사들은 한 번도 그런 말
안 했잖아."

그런데 그녀가 입을 열기도 전에, 아차, 이게 아니구나 싶었
다. 그녀가 바란 건 위로가 아니라 동정이었던 것이다.

"그걸 꼭 누구한테 들어야 아나요? 당신이나 몰랐지, 다들
알았는데요 뭐. 그리고 벳스브리지에서 벅 박사라면 모르는 사
람이 없다구요. 자기 병원은 우스터에 있지만 2주에 한 번씩 폴
스랑 벳스브리지에 진료를 나오거든요. 엘리자 스피어스 보세
요. 그분한테 가기 전에는 신장염으로 시들시들했는데, 그 뒤로
나아서 이제 멀쩡하게 성가대 활동까지 하잖아요."

"그래, 그거 천만다행이지. 당신도 그이 시키는 대로만 하면 괜찮아질 거요."

그는 그녀의 말에 맞장구를 쳐주었다.

그녀는 여전히 그를 건너다보며 말했다.

"아니래도 그럴 생각이에요."

그러는 그녀의 어조가 심상치 않았다. 푸념이나 원망이 아니라 완강한 결의에 찬 음성이었던 것이다.

"그래, 어떻게 하는 게 좋다고 하오?"

그는 속으로 또 돈깨나 깨지겠구나 하며 물었다.

"하녀를 둬야 된대요. 집안일은 절대 하면 안 된다면서요."

"하녀?"

이선은 기가 차서 되물었다.

"네, 마서 이모가 벌써 한 사람 구해놨대요. 이 골짝까지 와서 식모 살겠다는 사람이 있다니, 다들 저더러 운이 좋대요. 그래서 혹시라도 그 아가씨가 다른 데로 가버릴까 봐 1달러씩 더 주기로 했어요. 내일 오후에 여기 도착하기로 돼 있어요."

이선은 울화가 치밀어 오르는 동시에 맥이 탁 풀리는 느낌이었다. 아내가 곧 돈을 요구하리라는 생각은 했지만, 궁색한 살림에 계속 하녀 월급을 주게 될 줄은 몰랐다. 이제 보니 병이 심하다는 소리는 다 핑계였다. 아내가 벳스브리지에 간 건 순전히 친정 식구들과 짜고 하녀를 구해 들이려는 속셈이 있어서였다. 그는 부아가 치밀었다.

"하녀를 둘 생각이었으면 가기 전에 상의를 했어야 할 거 아니오."

"가기 전에 제가 알았어요? 벽 박사가 뭐라고 할지 가기 전에 어떻게 알아요?"

"오, 벽 박사……."

이선은 기가 차서 피식 웃었다.

"그럼 벽 박사가 내가 어떻게 하녀 월급을 마련할 거란 얘기도 해줬소?"

그녀도 질세라 언성을 높였다.

"아뇨, 그이한테 내가 창피하게 당신이 자기 어머니를 간병하다 병이 난 내 건강을 되찾는 데 필요한 돈을 아까워할 거란 얘기를 할 것 같아요?"

"당신이 우리 어머니를 간병하다 병이 났소?"

"그래요! 그리고 그때 우리 친척들은 모두 당신이 그 은혜를 갚으려면 나랑 결혼하는 길밖에 없을 거라고 했어요."

"지나!"

어두워서 서로 얼굴은 안 보였지만 그들의 생각은 독을 뿜는 뱀들처럼 서로를 향해 치달았다. 이선은 이 끔찍스러운 장면에 치를 떨며, 그 속에서 자신이 하는 역할에 치욕을 느꼈다. 이건 마치 어둠 속에서 두 적들이 벌이는 격투만큼이나 미련하고 야

92

만스러운 짓이었다.

그는 연통 위 시렁으로 다가가서 주섬주섬 성냥을 찾아 촛불을 켰다. 처음에는 켠 것 같지도 않았지만, 얼마 지나니 그동안 회색에서 검은색으로 바뀐, 커튼이 걷힌 유리창을 배경으로 지나의 얼굴이 음울하게 드러났다.

지난 7년 동안의 서글픈 결혼 생활 동안 그들이 드러내놓고 울화를 터뜨린 것은 이번이 처음이었다. 이선은 자신이 지나와 맞서 싸움으로써 뭔가 다시는 되찾을 수 없는 것을 잃어버렸다는 느낌이 들었지만, 당장 발등의 불은 끄고 봐야 했다.

"지나, 내가 하녀 월급 줄 돈이 없다는 건 당신도 알잖소. 난 그럴 여유가 없으니까 오는 즉시 돌려보내구려."

"의사 말이, 내가 지금처럼 노예같이 일하면 살아남질 못한대요. 그러면서 지금까지 어떻게 버텼는지 신기하다고 하더라구요."

"노예처럼!"

그는 나오던 말을 되삼켰다.

"그렇다면 이제부턴 손가락 하나 까딱 안 하게 해주겠소. 내가 집안일을 모두 하면 되겠지."

그러나 그녀가 말을 막고 나섰다.

"지금도 농장이 엉망인데."

그 말이 사실인지라 이선이 아무 소리 못 하자 그녀가 이기죽

93

거렸다.

"차라리 저를 구호소에 보내면 되잖아요……. 프롬 집안 사람이 구호소에 가는 게 이번이 처음인가 뭐."

그는 울컥 치미는 화를 억누르고 대꾸했다.

"어쨌든 하녀는 돈이 없어서 못 두는 줄 아시오."

그들은 무기를 시험해보는 전사들처럼 잠시 싸움을 그쳤다. 이윽고 지나가 침착하게 입을 열었다.

"난 당신이 앤드루 헤일한테서 목재 값으로 50달러를 받은 줄 알았는데."

"앤드루 헤일은 목재를 가져가고 세 달 안에 돈을 줘본 일이 없소."

그런데 이 말을 마치기도 전에 그 전날 자기가 그녀를 역에 못 데려다준다고 할 때 써먹은 변명이 생각났고, 찡그린 이마가 붉어 옴을 느꼈다.

"그래요? 어제는 돈을 받아야 목재를 건네준다고 안 그랬어요? 그것 때문에 역에 못 데려다준다고 했잖아요."

이선은 말을 둘러대는 데는 전혀 소질이 없었다. 지금까지 거짓말을 해본 적이 없었고, 이 순간도 뭐라고 해야 할지 전혀 감이 안 잡혔다.

"당신이 잘못 알아들었을 거요."

그가 더듬거리며 말했다.

"그래서 돈을 못 받았단 말이죠?"

"그렇소."

"받기로 된 것도 아니고요?"

"그래요."

"제가 그 아가씨를 구할 때는 그런 줄 몰랐죠. 알 길이 없었으니까."

"그랬겠지."

그는 잠시 입을 다물고 목소리를 가다듬었다.

"하지만 이젠 사정을 알았지? 안됐지만 나도 어쩔 도리가 없소. 지나, 당신은 가난한 사람의 아내야. 하지만 내 최선을 다해 당신을 도와주겠소."

그녀는 한참 동안 의자 팔걸이에 손을 걸치고 멍한 눈으로 생각을 하는 기색이더니 차분하게 말했다.

"오, 어떻게 되겠죠, 뭐."

그녀의 말투에 용기를 얻은 이선이 말했다.

"그럼, 잘 될 거야! 내가 도와줄 수 있는 일이 많을 거요. 그리고 매티도……."

그가 말하는 동안 무슨 교묘한 계산을 하는 듯한 표정으로 듣고 있던 지나가 이윽고 입을 열었다.

"어쨌거나 매티에게 들어가는 비용은 절약될 거니까……."

얘기가 끝난 줄 알고 돌아서서 저녁을 먹으러 내려가려던 이선은 이 갑작스런 소리에 걸음을 멈췄다.

"매티에게 들어가는 비용은 절약······?"

지나는 전에 들어보지 못한 이상스런 소리로 웃었다.

"그럼 당신은 내가 하녀를 둘씩이나 둘 줄 알았어요? 당신이 비용 걱정을 한 것도 무리가 아니네요!"

그는 아직도 그녀가 무슨 말을 하는 건지 이해하지 못한 상태였다. 그러잖아도 아까부터 왠지 모르게─그녀에 대한 비난이나 불평, 아니면 그녀가 곧 결혼하게 될지도 모른다는 얘기가 나올까 봐?─본능적으로 매티의 이름을 입 밖에 내지 않으려고 조심하던 참이었다. 하지만 그녀가 정말 떠나게 될 거라는 생각은 전혀 못 했고, 지금도 아내의 말이 귀에 들어오지 않았다.

이윽고 그가 입을 열었다.

"무슨 소린지 모르겠군. 매티 실버는 하녀가 아니라 당신 친척이오."

"걔는 제 아버지가 끝까지 집안 속을 끓이다가 죽은 뒤에 우리 친척들에게서 빌어먹는 거지예요. 우리 집에서 1년이나 먹여줬으니 이제 딴 사람이 맡을 차례예요."

지나가 이런 심한 말을 하고 있는데, 밖에서 아까 이선이 문간에서 돌아설 때 닫았던 문을 똑똑 두드리는 소리가 들렸다.

"이선, 지나! 지금 몇 신지 알아요? 저녁상 차려놓은 지 반 시간이 넘었는데."

계단참에서 매티의 명랑한 음성이 들려왔다.

방 안에 잠시 정적이 흘렀다. 이윽고 지나가 앉은 자리에서 대답했다.

"나는 저녁 생각 없어."

"어머, 그래요! 어디 편찮으세요? 뭐라도 좀 갖다 드려요?"

이선이 간신히 일어서서 문을 열었다.

"맷, 내려가 있어. 지나는 약간 지쳤을 뿐이야. 난 곧 내려갈 게."

그녀가 "그러세요!" 하고 타다닥 내려가는 소리가 들렸다. 그는 문을 닫고 방 쪽으로 돌아섰다. 그의 아내는 꼼짝 않고 완강한 표정을 짓고 있었다. 그는 엄청난 무력감에 사로잡혔다.

"지나, 정말 그럴 생각은 아니겠지?"

"뭐 말이에요?"

그녀가 입을 앙다문 채 물었다.

"이런 식으로, 매티를 보내려고?"

"애초에 평생 데리고 있겠다고는 안 했어요."

그는 점점 열을 내며 대꾸했다.

"걔를 도둑처럼 내몰 순 없소. 돈도 없고 아는 사람도 없는 애를, 당신을 위해서 열심히 일해왔고 당장 갈 데도 없잖아. 당신은 걔가 당신 친척이라는 사실을 잊었을지 모르지만 남들은 안 그럴 거야. 당신이 이러면 남들이 뭐라고 하겠소?"

지나는 남편이 자기의 침착함과 이선 자신의 흥분을 비교해 볼 시간을 충분히 주려는 듯 잠시 기다리다가 아까같이 차분한 어조로 대답했다.

"내가 그애를 1년씩이나 데리고 있는 거에 대해 남들이 뭐라고 하는지는 잘 알아요."

이선은 아까 매티를 보낸 이후 계속 움켜쥐고 있던 문 손잡이를 스르르 놓았다. 아내의 반박이 칼처럼 그의 힘줄을 자르는 듯했고, 갑자기 몸이 축 늘어지는 느낌이 들었다. 그는 저자세로 변해, 매티에게 들어가는 비용은 몇 푼 안 되고, 굳이 그 하녀를 두겠다면 어떻게든 돈을 변통해서 다락에 난로를 놓고 거처를 꾸며보겠다고 할 생각이었지만, 지나의 말을 듣고 보니 그런 하소연이 별 소용없겠다는 생각이 들었다.

"그럼 그애더러 나가라고 할 작정이오, 당장?"

그는 아내가 하던 말을 마저 할까 두려워서 이렇게 떠봤다.

그녀는 남편의 이해를 돕겠다는 듯 침착하게 대꾸했다.

"그 아가씨가 내일 벳스브리지에서 오기로 되어 있으니 그전에 방을 치워놔야죠."

이선은 증오에 찬 눈길로 아내를 바라보았다. 그녀는 더는 침울하게 자기 자신에게 몰입한 채 이선 옆에서 살아온 무기력한 존재가 아니라, 긴 시간 동안 소리 없이 궁리해온 사람만이 가질 수 있는 악랄한 에너지의 화신이었다. 이선의 무력함은 그녀에 대한 미움을 더 깊게 했다. 그녀가 냉정한 사람인 건 전부터 알았지만, 이선이 그녀를 무시하고 다스릴 수 있는 한 상관없는 일이었다. 이제 그녀가 그를 휘어잡았고, 그는 그녀에 대해 심한 혐오감을 느꼈다. 매티는 그가 아니라 그녀의 친척이었고, 그녀로 하여금 맷을 이 집에 두게 할 구실은 아무것도 없었다. 이선은 지금 자기 앞에 있는 이 여자, 자기가 하는 일을 사사건건 막아온 이 여자가 마치 자신의 영혼 속에서 솟아난, 오랜 좌절로 가득 찬 자신의 슬픈 과거, 실패, 고생, 헛된 노력으로 얼룩진 자신의 청춘을 구현하는 가슴 아픈 존재같이 느껴졌다. 이 여자는 자신의 모든 것을 앗아갔고, 이제 그 모든 상실을 보상해준 하나를 빼앗으려 하고 있었다. 그는 일순 엄청난 증오의 불길이 가슴에서 솟아나 팔을 타고 불끈 쥔 주먹으로 내려감을 느꼈다. 그는 충동적으로 한 걸음을 떼었다가, 멈춰 섰다.

"당신은, 당신은 안 내려온다고?"

그가 멍한 어조로 물었다.

"네, 그냥 좀 누워 있어야겠어요."

그녀가 부드러운 목소리로 대답했고, 그는 돌아서서 방을 나왔다.

부엌에 내려가 보니 맷이 난로 옆에 앉았고, 고양이가 그녀의 무릎 위에서 자고 있었다. 이선이 들어오자 그녀는 얼른 일어나서 뚜껑 달린 그릇에 담긴 고기 파이를 들고 식탁으로 갔다.

"지나 괜찮죠?"

"응, 괜찮아."

그녀는 식탁 맞은편에 앉더니 그를 향해 미소 지었다.

"자, 어서 앉으세요. 아주 시장하실 텐데."

그녀는 파이 그릇 뚜껑을 열더니 그에게로 밀었다. 그녀의 밝은 눈빛은 "이렇게 하루 저녁 더 같이 있을 수 있게 됐군요"라고 말하는 듯했다!

그는 기계적으로 음식을 덜어다 먹기 시작했으나 얼마 안 가서 슬픔에 목이 메어 포크를 내려놓았다.

부드러운 눈길로 그를 바라보던 매티가 이를 눈치 챘다.

"아니, 이선, 왜 그래요? 맛이 이상해요?"

"아냐, 아주 맛있어. 그냥, 저⋯⋯."

그는 접시를 밀어내고 자리에서 일어나 그녀 쪽으로 걸어갔다. 그녀도 깜짝 놀라며 자리에서 일어섰다.

"이선, 무슨 일이 있는 거죠! 저도 짐작하고 있었어요!"

그녀는 무서움에 떨며 그의 품으로 녹아드는 듯했고, 그는 그런 그녀를 감싸 꽉 끌어안았다. 그녀의 속눈썹이 거미줄에 걸린 나비처럼 이선의 볼 위에서 파르르 떠는 게 느껴졌다.

"왜 그래요, 무슨 일이에요?"

그녀가 더듬거리는 목소리로 물었다. 그러나 그는 마침내 그녀의 입술을 찾았고, 모든 걸 잊은 채 그녀의 입술에서 우러나오는 환희만을 들이마셨다.

그녀는 잠시 망설이더니 같은 감정에 휩싸였다. 그러나 금세 그의 품에서 빠져 나가 한두 걸음 물러서더니 창백하고 근심에 찬 표정으로 그를 바라보았다. 그는 그녀의 표정을 보는 순간 자책감에 사로잡혔고, 꿈속에서 그녀가 익사하는 걸 보는 것 같아 소리쳤다.

"맷, 가면 안 돼! 내가 못 가게 할 거야!"

"가요, 가요? 저 가야 해요?"

그녀가 떠듬떠듬 물었다.

이 말은 어두운 들판에서 손에서 손으로 흘러가는 봉화처럼 그들 사이에서 메아리쳤다.

이선은 자제심을 잃고 이처럼 잔인하게 그녀에게 이 소식을 터뜨린 자신이 말할 수 없이 부끄러웠다. 그는 순간 머리가 아찔해서 두 손으로 탁자를 짚었다. 그러나 아직도 그녀의 입술을 맛보는 느낌이었고, 더 그럴 수 없음에 목이 타들어가는 것 같았다.

"이선, 무슨 일 있었어요? 지나가 나 때문에 화가 난 거죠?"

그녀의 다급한 목소리를 듣는 순간 그는 한편으로는 아까보다 더 화가 나고 그녀가 안쓰러웠지만, 동시에 마음이 가라앉았다.

"아냐, 아냐."

그는 그녀를 안심시키려 애썼다.

"그게 아니고, 새 의사가 겁을 준 모양이야. 맷도 지나가 새 의사를 보러갈 때마다 그 사람들이 하는 말을 곧이곧대로 믿는다는 거 알지? 이 의사는 지나한테 가만히 누워서 쉬고 집안일은 손 하나 까딱하지 말라고 했대, 몇 달 동안……."

그는 여기서 입을 다물고 참담한 표정으로 맷을 외면했다. 그녀는 아무 말 없이 부러진 나뭇가지처럼 힘없이 서 있었다. 그녀의 조그맣고 약한 모습을 보자 가슴이 무너지는 것 같았다. 그런데 그녀가 갑자기 고개를 들고 그를 똑바로 바라보았다.

"그리고 지나는 저 대신 더 일을 잘 하는 사람을 쓰고 싶어 하는군요? 그렇죠?"

"오늘 밤에는 그러더군."

"오늘 밤에 그랬으면 내일도 마찬가지일 거예요."

두 사람은 어쩔 수 없는 현실 앞에 고개를 숙였다. 둘 다 지나가 절대로 마음을 고쳐먹지 않으리라는 것, 그녀가 일단 결심한 일은 이미 이루어진 거나 마찬가지라는 걸 알았다.

둘 다 한참 동안 말이 없었다. 이윽고 매티가 나지막이 말했다.

"이선, 너무 상심하지 말아요."

"오, 하느님, 오, 하느님."

그가 신음하듯 중얼거렸다. 그녀를 향해 불타오르던 열정이 이제 가슴 아픈 애정으로 녹아들었다. 그는 그녀가 흘러나오는 눈물을 참으려고 눈을 깜박이는 모습을 보며, 다시 그녀를 끌어 안고 달래주고 싶었다.

"밥이 식겠어요."

그녀가 어설프게 명랑한 척하며 말했다.

"오, 맷, 맷, 어디로 갈 거야?"

그녀의 눈이 빛을 잃고 얼굴이 파르르 떨렸다. 그는 그녀가 처음으로 미래에 대해 구체적으로 생각해보고 있음을 눈치 챘 다.

"스탬포드 쪽에 가면 할 일이 있을지도 몰라요."

맷은 그가 그녀에게 일자리가 없음을 안다는 걸 의식하는 듯 떨리는 음성으로 말했다.

그는 다시 의자에 주저앉아 얼굴을 감싸 쥐었다. 그녀가 혼자서 고달픈 구직 전선에 나서게 될 걸 생각하니 절망감이 온몸을 휩쌌다. 그녀가 아는 곳은 무관심과 적개심으로 가득했고, 몇백만 명이 일자리를 찾아 헤매는 도시에 갈 경우, 경험도, 교육 배경도 없는 그녀가 그 경쟁에서 이길 공산은 극히 희박했다. 그는 우스터에서 들었던 갖가지 비참한 이야기, 처음에 매티처럼 희망에 차서 도시로 나왔던 소녀들의 얼굴을 기억했다……. 그런 일은 차마 상상할 수도 없었다. 그가 갑자기 자리에서 일어섰다.

"맷, 가면 안 돼! 내가 못 가게 할 거야! 지금까진 지나가 제

맘대로 해왔지만 이제 그럴 수 없어⋯⋯."

매티가 재빨리 손짓을 했고, 곧이어 그의 뒤에서 지나의 발소리가 들려왔다.

지나는 언제나처럼 발꿈치를 질질 끌며 들어오더니 아무 소리 없이 평소대로 이선과 맷 사이에 자리잡고 앉았다.

"쉬니까 좀 낫네요. 벅 박사 말이 아무리 밥맛이 없어도 양껏 먹어야 기운을 회복할 수 있대요."

그녀가 단조로운 푸념조로 말하며 매티 옆에 있는 주전자를 집어 들었다. 그러고 보니 그녀는 그새 외출복을 벗고, 늘 입는 검은 면 드레스 위에 갈색 숄을 둘렀고, 표정과 태도도 평소대로였다. 그녀는 차를 따르고 거기에 우유를 몽땅 타더니 주로 파이와 피클을 집어다 자기 접시에 놓고, 평소 버릇대로 틀니를 잘 고정시켰다. 고양이가 그녀의 발치에 애교 있게 몸을 비비자 그녀는 "예쁘지" 하면서 한두 번 쓰다듬고는 자기 접시에서 고기를 한 조각 집어주었다.

이선은 먹을 생각도 못 하고 말없이 앉아 있었으나, 매티는 의연하게 밥을 먹으며 지나에게 벳스브리지에 갔던 일에 대해 한두 가지 질문까지 했다. 지나는 평소와 같은 말투로 대답하다가, 자기가 좋아하는 병 얘기가 나오자 신이 나서 자기 친구랑 친척들이 아는 갖가지 속병을 생생하게 묘사하며 들려주었다. 그러면서 그녀는 희미한 미소를 띤 채 매티를 똑바로 쳐다보았는데, 그 미소 때문에 코와 턱 사이에 수직으로 난 주름살이 더 깊어 보였다.

식사가 끝나자 지나는 자리에서 일어서며 편편한 가슴팍을 손으로 눌렀다.

"맷, 네가 파이를 만들면 꼭 얹히더라."

그러나 화가 난 말투는 아니었다. 그녀가 매티를 맷이라고 부르는 건 극히 드물었으나, 어쩌다 그런 경우는 대개 기분이 좋을 때였다.

"난 올라가서 작년에 스프링필드에서 사 온 소화제나 찾아봐야겠다."

그녀가 말을 이었다.

"오랫동안 안 써봤는데, 얹힌 데 좋을지도 모르니까."

매티가 고개를 들고 물었다.

"지나, 내가 찾아볼까요?"

"아냐, 넌 어디 있는지 몰라."

지나가 예의 그 음침한 표정을 지으며 무거운 어조로 대답했다.

그녀가 부엌에서 나가자 매티가 자리에서 일어나 상을 걷기 시작했고, 그녀가 이선의 자리를 치우러 온 순간 두 사람의 눈길이 참담하게 얽혔다. 따스하고 고요한 부엌은 어제 저녁과 똑같이 평화로워 보였다. 고양이가 지나의 흔들의자로 폴짝 뛰어갔고, 연하면서도 매콤한 제라늄 향기가 난롯불의 온기에 실려 방 안에 퍼졌다. 이선은 가까스로 몸을 가누며 자리에서 일어섰다.

"나가서 한 바퀴 둘러봐야겠어."

그는 등잔을 가지러 문 쪽으로 가며 말했다.

그가 문간에 이른 순간 지나가 들어왔는데, 화가 치밀어 입이 일그러지고 초췌한 얼굴이 홍분으로 붉어진 모습이었다. 어깨에 덮었던 숄은 발치에 걸려 질질 끌렸고, 손에는 빨간 유리로 된 피클 종지를 들고 있었다.

"누가 이랬는지 좀 알아야겠어요."

그녀가 싸늘한 표정으로 이선과 매티를 노려보았다.

둘 다 아무 소리가 없자 그녀가 말을 이었다.

"소화제가 사람 손이 안 닿아야 할 것들을 간수하는 그릇장 맨 위 칸, 아버지가 쓰시던 안경집 속에 들어 있어서 그걸 꺼내 려다 보니까……."

그녀는 목이 메어 더는 말을 잇지 못했고, 속눈썹 없는 그녀 의 눈꺼풀에 맺힌 작은 눈물 방울이 볼을 타고 천천히 흘러내렸 다.

"그릇장 맨 위 칸은 사다리 없이는 못 닿는데. 내가 필루라 이모의 피클 종지를 거기다 올려놓고 결혼 이후로 봄 청소 때 말 고는 꺼내본 적이 없고, 그런 때도 혹시라도 상할까 봐 꼭 내 손 으로 직접 했는데."

그녀는 종지 조각들을 식탁 위에 조심스럽게 내려놓았다.

"누가 이랬는지 말해봐요."

그녀는 부르르 떨며 다시 말했다.

이선이 다시 방 안으로 들어와 그녀에게 다가갔다.

"꼭 알고 싶다면 말해주지. 고양이 짓이오."

"고양이요?"

"그렇다니까."

그녀는 그를 매섭게 노려보더니 개수통을 들고 식탁으로 오던 매티 쪽으로 시선을 돌렸다.

"그럼 고양이가 왜 그릇장에 올라갔죠?"

"쥐를 잡으려고 그랬겠지 뭐. 어제 밤새도록 쥐들이 설치더군."

이선이 농담조로 대답했다.

지나는 두 사람을 번갈아 노려보더니 이상한 소리로 짧게 웃었다. 그러고는 날카로운 어조로 덧붙였다.

"우리 고양이가 영리한 줄은 알았지만, 종지 조각들을 주워다가 바로 그 선반에 깨지기 전 그대로 올려놓을 정도로 영리한 줄은 몰랐네요."

매티가 갑자기 김이 무럭무럭 나는 물에서 손을 빼더니 말했다.

"지나, 그건 이선 잘못이 아니에요. 그래요, 고양이가 종지를 깬 건 사실이에요. 하지만 그 종지를 꺼내온 건 나예요. 나 때문에 깨진 거예요."

지나는 화가 나서 목석같이 굳은 표정으로 박살난 자기 보물 옆에 서 있었다.

"네가 내 피클 종지를 꺼냈다고. 왜?"

매티의 얼굴이 빨갛게 달아올랐다.

"저녁상을 예쁘게 차리고 싶어서요."

그녀가 대답했다.

"저녁상을 예쁘게 차리고 싶으셨다. 그래서 내가 나가자마자 내가 제일 소중히 여기는 것, 목사님이 와도 안 내놓고, 벳스브리지에서 마서 피어스 이모가 오셨을 때도 안 내놓은 이 종지를 꺼내 썼다 이거지."

지나는 이 기가 막힌 짓을 묘사하는 자신의 말에 스스로 겁이 난 듯, 여기서 말을 끊고 숨을 내쉬었다.

"매티 실버, 너는 나쁜 애야. 난 전부터 알았어. 네 아버지도 그런 식으로 시작했거든. 그리고 네가 여기 오게 됐을 때 사람들이 그런 말을 하기에, 그동안 귀한 물건들은 네 손이 안 닿을 곳에 숨겨놨는데, 결국 내가 제일 아끼는 물건을 깨고 나서는군……."

그녀는 치밀어 오르는 울음 때문에 잠시 말을 그치더니 그 어느 때보다 냉혹한 표정으로 말했다.

"사람들이 하는 말을 귀담아 들었으면 너를 지금까지 여기
두지도 않았을 거고, 그럼 이런 일은 일어나지 않았을 텐데."

그러고는 깨진 종지 조각들을 시체인 양 들고 방을 나갔
다…….

8

이선이 부친의 병 때문에 귀향했을 때, 어머니는 평소에 안 쓰는 응접실 뒤 작은 방을 그에게 내주었다. 그는 이 방에 책 선반을 달고, 판자와 매트리스로 긴 의자를 만들고, 거친 회벽에 에이브러햄 링컨의 초상을 걸고, 시인들의 명상이 적힌 달력을 거는 등, 빈약한 재료로써 이 방을 우스터에서 그를 아끼고 책을 빌려주던 한 목사의 서재처럼 꾸미려고 애써봤다. 지금도 여름이면 가끔 그 방에서 잤지만, 매티가 온 뒤로는 거기 있던 난로를 그녀에게 주었기 때문에 1년의 몇 달은 비워두고 있었다.

집 안이 조용해지자 이선은 곧바로 그리 내려갔다. 침대에서 들려오는 지나의 규칙적인 숨소리로 보건대 아까 같은 일은 더는 없을 것 같았다. 지나가 나간 뒤 그와 매티는 서로에게 다가갈 엄두도 못 내고 말없이 서 있었다. 이윽고 그녀는 저녁 설거지를 끝내려 돌아섰고, 그도 등을 들고 평소처럼 집을 한 바퀴 둘러보러 나갔다. 그가 돌아와 보니 부엌은 비어 있었지만, 식탁에 그의 담배주머니와 담뱃대가 놓였고, 그 밑에는 종묘상 상품 목록에서 찢은 종이 조각에, "이선, 걱정하지 말아요"라고 씌어 있었다.

이선은 춥고 어둠침침한 자기 서재로 가서 탁자 위에 등을 내려놓고 불빛에 이 쪽지를 비춰 보며 거기 쓰인 말을 읽고 또 읽었다. 매티가 그에게 편지를 쓴 것은 이번이 처음이었다. 이 쪽지를 들고 있으니 이상하게도 전에 없이 그녀가 아주 가까이 있는 듯 느껴졌다. 그와 동시에 이제부터는 편지 말고는 서로 연락할 길이 없다는 사실이 기억나 더욱 가슴이 아려왔다. 그녀의 생생한 미소, 따스한 음성 대신 차가운 종이와 생기 없는 단어들만이 남게 될 것이었다!

이럴 수는 없다는 생각이 어지럽게 머릿속을 맴돌았다. 삶의 희망을 이렇게 쉽게 상실하기에는 그는 너무 젊고, 강하고, 삶의 활력으로 넘쳤다. 그처럼 한이 많고 불만투성이인 여자 옆에서 평생을 낭비해야 할 것인가? 그에게도 한때는 여러 가지 포부가 있었지만 지나의 옹졸함과 무지 때문에 하나하나 물거품이 되어 버렸다. 그래서 얻은 게 무엇인가? 그녀는 결혼 때보다 백 배나 더 차갑고 불만이 많았다. 그녀에게 남은 낙이라곤 딱 하나, 그를 괴롭히는 것이었다. 그는 그런 쓸데없는 희생에 맞서 싸워야 한다는 건강한 본능이 솟아오름을 느꼈…….

그는 낡은 털외투를 둘러쓰고 의자에 앉아 생각에 잠겼다. 그런데 볼 밑에 이상하게 튀어나온 딱딱한 물체가 느껴졌다. 지나가 약혼 때 만들어준 쿠션이었다. 지금까지 그녀가 바느질하는 걸 본 건 그때뿐이었다. 그는 쿠션을 방 저쪽으로 던져버리고 벽에 머리를 기댔다……

그는 산 너머 동네에 살던 자기 또래의 한 남자를 생각했다. 그이도 이선과 같은 불행한 결혼을 청산하고 좋아하는 아가씨와 서부로 갔다. 그의 아내는 결국 이혼에 응했고, 그는 자기가 선택한 아가씨와 결혼해서 행복하게 살고 있었다.

이선은 작년 여름 그 부부가 친척들을 찾아보러 샛스폴스에 왔을 때 그들을 본 적이 있었다. 그들이 데리고 온 어린 딸은 밝은 곱슬머리에 금 목걸이를 하고 공주 같은 옷을 입었다. 버림받은 아내 역시 그런 대로 괜찮게 살았다. 그녀는 남편이 남겨준 농장을 판 돈과 위자료로 벳스브리지에 식당을 열고, 갖가지 일과 사교 활동으로 바삐 지냈다. 이선은 이 생각을 하고 흥분에 휩싸였다. 내일 매티를 혼자 보내지 말고 같이 떠나버리면 될 거 아닌가? 여행 가방을 썰매 의자 밑에 숨겨놓으면, 지나는 오후에 낮잠 자러 올라가서 침대에 놓은 편지를 볼 때까지 까맣게 모를 것이다……

그의 충동은 아직 설익은 상태였다. 그는 벌떡 일어나 등불을 켜고 책상 앞에 앉았다. 그러고는 서랍을 뒤져 종이를 꺼낸 뒤 다음과 같이 썼다.

112

"지나, 당신을 위해 최선을 다했지만 아무 소용 없었던 것 같소. 당신을 원망하고 싶지 않소. 내 잘못도 아닌 것 같고. 우리는 헤어져서 사는 게 나을지도 모른다는 생각이 들었소. 난 서부로 갈 생각이오. 농장과 목재소를 처분해서 쓰도록 하오."

그는 여기까지 쓰고 멈췄다. 새삼 자신의 궁색함이 뼈저리게 느껴졌다. 지나에게 농장과 목재소를 넘겨주면 자기는 뭘로 새 생활을 시작할 것인가? 일단 서부에 도착하면 할 일은 있을 것 같았다. 혼자 몸이라면 까짓것, 무서울 게 없었다. 하지만 매티를 데리고 갈 경우는 얘기가 달라졌다. 지나는 또 어떻게 될 것인가? 농장과 목재소는 담보에 꽉 묶여 있었고, 설사 살 사람이 나타난다 해도, 그것도 있을 법하지 않은 일이지만, 천 달러 건지기가 힘들 터였다. 이선이 이 터에서 그나마 자기 식구 양식을 거두어들일 수 있었던 것은 끊임없는 노동과 감독 덕분이었다. 지나가 자신이 생각하는 것보다 건강하다 해도 혼자서 그런 일을 해낼 수는 없었다.

하긴, 자기 친정으로 돌아가 사정을 호소해볼 수도 있겠지. 그녀가 매티에게 강요한 게 바로 이것이었다. 지나라고 못 하라는 법 있나? 그녀가 자기 행방을 알아낼 때쯤에는 아마 그게 어디가 됐든 간에 충분히 위자료를 줄 정도의 돈은 벌었을 것이었다. 그렇지 않으면 아무 보장 없이 매티를 혼자 보내는 수밖에 없었다……

그가 다시 펜을 집어든 순간, 아까 종이를 찾느라고 쏟았던 서랍의 물건들 중 오래된 《벳스브리지 이글》지가 눈에 띄었다. 거기 맨 위에 접힌 광고에 이런 유혹적인 문구가 씌어 있었다.

"서부 여행: 염가 봉사."

그는 등불을 가까이 대고 열심히 가격들을 읽어 내려갔다. 이윽고 신문이 그의 손에서 툭 떨어졌다. 이선은 쓰다 만 편지를 밀어버렸다. 조금 전 그는 매티와 서부에 도착했을 때 어떻게 생계를 꾸려갈지 걱정을 했다. 그런데 이제 보니 그녀를 거기까지 데리고 갈 돈도 없었다. 돈을 꾼다는 건 있을 수도 없는 일이었다. 여섯 달 전 목재소에 꼭 필요한 수리를 하느라고 마지막 남은 담보를 걸어야 했고, 스타크필드에서 담보 없이는 단 10달러도 꿀 수 없는 게 그의 처지였다. 이런 어쩔 수 없는 사실들을 깨닫는 순간 그는 자신이 형사에게서 수갑을 받는 죄수가 된 느낌이었다. 빠져 나갈 길이 전혀 없었다. 그는 종신형을 선고받은 죄수였고, 이제 마지막 남은 한 줄기 빛이 꺼져가려는 참이었다.

그는 무거운 몸을 이끌고 긴 의자에 가서 드러누웠다. 사지가 천근만근 무겁게 느껴져서 다시 일어날 수 있을 것 같지 않았다. 뜨거운 눈물이 서서히 목을 타고 올라와 눈으로 흘렀다.

그가 의자에 누워 있는 동안, 눈앞에 난 유리창 밖에는 점차 날이 밝았고, 달빛으로 넘치는 하늘이 어둠을 수놓았다. 굽은 나뭇가지가 그 유리창을 가로질렀는데, 여름날 저녁 그가 목재소에서 돌아오다 보면 간혹 매티가 그 사과나무 가지 아래 앉아 있곤 했다. 이윽고 축축한 안개가 햇살에 말라 스러지고, 맑은 달이 푸른 하늘로 솟아올랐다. 이선은 팔을 괴고 몸을 조금 일으켜 조각 같은 달빛 아래 하얗게 바래가며 윤곽을 드러내는 들판을 내다보았다.

그러고 보니 오늘이 바로 매티를 데리고 썰매를 타러 가기로 한 날이었고 그들이 들고 가려던 등도 저만치 걸려 있었다! 그는 달빛에 빛나는 산등성이, 끄트머리만 은빛으로 물든 컴컴한 수풀, 하늘을 배경삼아 보랏빛으로 휘황한 언덕들을 바라보며, 마치 밤이 제 아름다움을 한껏 발휘해 그의 비참한 처지를 조롱하고 있다는 느낌을 받았다⋯⋯.

그가 설핏 잠들었다 깨어나 보니 방 안은 겨울 새벽의 한기로 냉랭했다. 그는 춥고, 배고프고, 몸도 뻣뻣했지만, 이런 때 허기를 느낀다는 사실이 부끄러워 눈을 비비며 창가로 갔다. 거무스레한 들판 저 끝, 까맣고 부스러진 것 같이 보이는 수풀 뒤로 붉은 해가 떠 있었다. 그는 혼잣말로, "오늘이 매티의 마지막 날이다"라고 중얼거리며 그녀가 없는 이 집은 어떨까 상상해보았다.

한참 그러고 서 있는데 뒤에서 발소리가 들리더니 매티가 들어왔다.

"오, 이선. 밤새 여기 있었어요?"

헌 드레스에 빨간 목도리를 두르고, 새벽빛에 창백한 얼굴이 더 바래 보이는 그녀의 모습이 너무도 작고 안쓰러워서 이선은 아무 말 못 하고 그녀 앞에 묵묵히 서 있었다.

"얼마나 추웠어요."

그녀가 피곤한 눈길로 그를 보며 말했다.

그는 그녀에게 한 발 다가갔다.

"내가 여기 있는지 어떻게 알았어?"

"제가 자리에 든 뒤 아래층으로 내려가시는 소리를 듣고 밤새 귀를 기울였는데 다시 돌아오시는 기척이 없었어요."

뭉클해진 그는 그녀를 보며 다정히 말했다.

"바로 가서 부엌에 불을 지펴줄게."

부엌으로 돌아온 이선이 석탄과 불쏘시개를 갖다 놓고 난로를 청소하는 동안, 그녀는 우유와 어제 먹고 남은 차디찬 고기 파이를 들여왔다. 난롯불이 벌겋게 달아오르고 아침의 첫 햇살이 부엌 바닥을 비추자 이선은 자신이 밤새 고민한 여러 문제들이 모두 따스한 공기 속으로 사라지는 것 같은 느낌이 들었다. 매티가 여느 때와 마찬가지로 이런저런 일을 하는 모습을 보니 그녀가 곧 가버린다는 게 믿어지지 않았다. 그는 자신이 지나의 위협을 너무 심각하게 받아들였고, 지나 자신도 날이 새면 생각을 고쳐먹을 거라고 생각했다.

그는 화덕 위에 몸을 숙인 매티에게 다가가 그녀의 팔에 손을 댔다. 그리고 미소 띤 눈길로 그녀를 내려다보며 말했다.

"매티도 너무 걱정하지 마."

그녀는 얼굴을 붉히며 속삭였다.

"아녜요. 이선, 걱정 안 할게요."

"모두 잘 해결될 거야."

그가 덧붙였다.

매티가 말없이 눈만 깜빡이자 그가 다시 말했다.

"오늘 아침엔 아무 말도 안 해?"

"아뇨, 아직 못 봤어요."

"뭐라고 하거든 신경 쓰지 마."

그는 이 말을 남기고 외양간으로 갔다. 멀리 안개 속에서 조섬 파월이 언덕을 올라오는 게 보였다. 늘상 보던 그 광경을 보니 마음이 더 놓였다.

그런데 한참 외양간을 치우던 조섬 파월이 쇠스랑을 내려놓더니 입을 열었다.

"대니얼 번이 오늘 점심 때 플랫스에 가는데 매티의 가방을 실어다줄 수 있대요. 그러면 제가 이따 매티를 태우고 갈 때 좀 편하죠."

이선이 멍 하고 있자 그가 다시 말을 이었다.

"사모님 얘기로는 새 하녀가 5시에 플랫스에 도착하니까 그 때 매티를 태워다주면 스탬포드 행 6시 기차를 탈 수 있을 거래요."

이선은 관자놀이에서 피가 방망이질하는 걸 느꼈다. 그는 한참 만에 정신을 차리고 가까스로 말했다.

"오, 아직 매티가 가기로 확정된 건 아닐세."

"그래요?"

조섬이 무심히 대꾸했고, 둘은 하던 일을 계속했다.

둘이 부엌에 와 보니 지나와 매티는 벌써 아침을 먹고 있었다. 지나는 유난히 생기 있고 활달해 보였다. 그녀는 커피를 두 잔이나 마시고 고양이에게 파이 부스러기를 집어주더니, 창 쪽으로 걸어가 시든 제라늄 잎사귀를 두어 개 뜯어냈다. 그러고 나서 나직하게 말했다.

"마서 이모가 계실 때는 시든 잎이 하나도 없었는데 제대로 돌보는 사람이 없으니까 이렇게 시드는군."

그러고는 조섬에게 물었다.

"대니얼 번이 몇 시에 간댔죠?"

그는 흘깃 이선의 눈치를 보더니 대답했다.

"정오경이래요."

지나는 매티에게 일렀다.

"네 트렁크는 너무 무거워서 썰매에 실을 수 없으니까 대니얼 번이 플랫스까지 실어다줄 거야."

"지나, 고마워요."

매티가 말했다.

"그 전에 너랑 확인할 게 좀 있다."

지나가 차분한 어조로 말했다.

"내가 보니까 삼베 수건이 하나 없어졌고, 거실 박제 부엉이 뒤에 놔둔 성냥통에 묻은 얼룩도 안 지게 생겼더라."

매티가 그녀를 따라 나가자 조섬이 말했다.

"그럼 대니얼한테 오라고 해야겠네요."

이선은 아침 나절에 집 안과 외양간에서 볼 일을 마친 뒤 조섬에게 말했다.

"스타크필드에 좀 다녀올 테니 먼저들 점심 먹으라고 이르게."

그는 다시 반항심으로 불타올랐다. 날이 새면 없어질 거라고 생각했던 악몽이 벌써 현실로 일어나고 있었고, 매티가 쫓겨나는 판에 자신은 속수무책으로 지켜만 보게 될 참이었다. 자신이 맡게 된 역할과 매티가 자기를 어떻게 볼까 생각하니 수치스럽기 이를 데 없었다. 그는 이런저런 충동으로 가득 찬 채 마을로 내려갔다. 뭔가 해야겠다는 생각은 있었지만 어째야 좋을지 막막했다.

새벽 안개가 걷히고 벌판은 햇살 아래 은빛 방패처럼 빛났다. 겨울 빛이 엷은 봄의 아지랑이 사이로 비쳤다. 길의 한 치 한 치가 매티를 연상시켰고, 하늘을 배경으로 늘어진 나뭇가지 하나

하나, 둑에 우거진 해당화 덤불 한 가지 한 가지에 그녀와의 기억이 엉켜 있었다. 한순간, 정적 속에 들려온 새소리가 그녀의 웃음소리와 너무 비슷해 그는 가슴이 온통 오그라들었다 확 부풀어옴을 느꼈다. 그리고 이 모든 것이 다시 한 번, 빨리 무슨 수를 써야 한다는 생각을 굳혀주었다.

갑자기 앤드루 헤일이 사람이 좋으니까 지나의 건강 때문에 꼭 하녀를 둬야 된다고 사정 얘기를 하면 어젠 거절했지만 얼마쯤 융통을 해줄지도 모른다는 생각이 들었다. 사실 헤일은 이선의 집안 사정을 잘 아니까 많이 굽신거리지 않고도 돈을 꿀 수 있을 것 같았다. 그리고 이렇게 다급한 때 자존심이 문제인가?

생각할수록 그러는 게 좋을 것 같았다. 헤일 부인에게 사정을 얘기하면 쉽게 성사될 일이었다. 그리고 50달러만 있으면 다시는 매티와 헤어지지 않게 될 것이었…….

그렇다면 헤일이 일 나가기 전에 스타크필드에 가야 했다. 헤일이 코베리로에 일이 있어 일찍 나갈 거라는 얘기를 들은 바 있었다. 이처럼 생각이 조급해짐에 따라 그의 발걸음도 빨라졌고, 그가 학교둑 발치에 닿았을 때 저만치 헤일의 마차가 눈에 띄었다. 그래서 서둘러 다가가 보니 썰매를 모는 사람은 헤일이 아니라 그의 막내아들이었고, 그 옆에 헤일 부인이 안경 쓴 큰 누에고치 같은 모습으로 앉아 있었다. 이선은 그들에게 잠시 멈추라고 손짓을 했다. 헤일 부인은 불그레한 주름살을 드러내고 삽상하게 내려다보았다.

"우리 집 양반? 그이 집에 있어. 오늘 아침에는 일 안 나가거든. 아침에 허리가 저리다기에 키더 의사의 찜질대를 대 드리고 난로 앞에서 쉬시라고 했지."

그녀는 자애로운 표정으로 미소 지으며 덧붙였다.

"우리 집 양반 얘기로는 지나가 새 의사를 만나러 벳스브리지에 갔었다며? 그렇게 아프다니 큰일이군. 이 동네에서 지나같이 병치레가 잦은 사람은 없을 거야. 내가 우리 집 양반한테도 항상 하는 얘기지만, 이선 프롬, 자네 정말 고생이 자심하네."

아들이 말을 재촉하자 그녀는 다시 연민 어린 표정으로 고개를 끄덕였다. 이선은 길 가운데 서서 멀어지는 썰매를 지켜보았다.

이선에게 누가 헤일 부인처럼 따뜻한 말이라도 해준 건 정말 오랜만의 일이었다. 대부분의 사람은 그의 처지에 관심도 없거나, 그 나이에는 환자가 셋이나 있어도 군소리 없이 시중을 들어야 한다고 생각했다. 그런데 헤일 부인은, "이선 프롬, 자네 정말 고생이 자심하네"라고 했고, 그 말을 들으니 외로움이 좀 가시는 느낌이었다. 헤일 부부가 그를 동정하고 있다면, 그의 부탁을 거절하지 않겠지…….

그런데 헤일 댁으로 서둘러 가던 이선은 몇 발짝 남겨놓고 갑자기 얼굴을 붉히며 그 자리에 우뚝 섰다. 이제야 비로소 아까

들은 말을 되새기며 자신이 하려는 일의 의미를 깨달았기 때문이다. 자신은 지금 그들의 동정을 이용해 거짓 핑계를 대고 돈을 꾸려는 참이었다. 그가 무턱대고 서둘러 스타크필드로 온 것은 바로 이 때문이었다.

그가 열정 때문에 저지른 실수를 자각한 순간 그 충동이 사라졌고, 자신의 처지가 본모습 그대로 눈에 들어왔다. 그는 자신이 병약한 아내를 거느린 가난한 남자고, 자신이 떠나가면 그녀는 가난과 외로움에 시달리며 살아갈 것임을 깨달았다. 그리고 설사 그녀를 버릴 용기가 있다 해도, 그러려면 먼저 자신을 동정해준 선량한 부부를 속여야 할 참이었다.

그는 천천히 집 쪽으로 발길을 돌렸다.

9

집에 돌아와 보니 부엌 문간에 선 썰매에 대니얼 번이 앉아 있고, 거기 맨 우람한 회색말은 발로 눈을 짓이기며 긴 머리를 내두르고 있었다.

부엌에 가보니 지나가 난로 앞에 앉아 있었다. 그녀는 머리에 숄을 두르고, 며칠 전에 그가 소포료를 더 문《신장병과 그 치료법》이라는 책을 읽고 있었다.

그녀는 그가 들어와도 꼼짝 않고 책만 읽었다. 이윽고 그가 물었다.

"매티는 어디 있소?"

그녀는 고개도 들지 않고 말했다.

"가방 가지러 갔을 거예요."

그는 화가 치밀었다.

"가방을 가지러 갔다고? 혼자서?"

"조섬 파월은 나뭇간에 갔고, 대니얼 번은 말을 혼자 두면 안 된다고 못 들어온대요."

그녀의 남편은 그녀가 말을 마치기도 전에 부엌에서 나가 계단을 뛰어 올라갔다. 그는 닫힌 매티의 방문 앞에서 잠시 망설였다. 낮은 소리로 "맷" 하고 불러도 아무 기척이 없자 그는 손잡이를 잡았다.

그가 매티의 방에 들어가본 것은 딱 한 번, 이른 여름에 처마의 틈새를 막으러 들어간 때뿐이었지만, 그 방의 모든 것이 생생하게 기억났다. 좁은 침대 위에 빨강과 흰색 무늬의 이불이 덮여 있고, 서랍장에는 귀여운 바늘꽂이가 걸렸으며, 그 위에는 녹슨 액자 안에 확대한 그녀 어머니의 사진이 들어 있고, 그 뒤에는 물들인 마른 풀 다발을 놓아두었다. 오늘은 이 모든 게 다 사라지고, 방 안은 지나가 처음 그녀를 데리고 온 날처럼 삭막하고 쓸쓸해 보였다. 방 한 가운데 그녀의 가방이 놓였고, 그녀가 나들이옷 차림으로 그 위에 걸터앉아 등을 문 쪽으로 돌린 채 얼굴을 두 손에 묻고 있었다. 그녀는 흐느껴 우느라고 그가 부르는 소리를 못 들었고, 그가 들어오는 소리도 듣지 못했다. 그는 바짝 다가가서 그녀의 어깨를 잡았다.

"맷, 오, 울지 마, 오, 맷!"

그녀는 깜짝 놀라며 눈물에 젖은 얼굴을 쳐들었다.

"이선, 다시는 못 볼 줄 알았는데!"

그는 그녀를 꼭 껴안고 떨리는 손으로 이마에 내려온 머리카락을 쓸어주었다.

"다시 못 보다니, 무슨 소리야?"

그녀는 다시 혹 흐느끼면서 대답했다.

"조섬이 그러는데, 이선이 점심을 먼저 먹으라고 했다면서
요, 그래서……."

"그래서 어디로 가버린 줄 알았어?"

그가 그녀의 뒤를 이어 이렇게 맺었다.

그녀가 말없이 그를 더 꼭 껴안자 이선은 그녀의 머리칼에 입
을 맞추었다. 그녀의 머리는 따뜻한 둔덕에 나 있는 이끼처럼 부
드러우면서도 탄력이 있었고, 햇살에 비친 신선한 톱밥처럼 연
한 나무 향기가 났다.

이윽고 열린 문으로 아래층에서 그들을 부르는 지나의 목소
리가 들려왔다.

"대니얼 번이 빨리 네 가방을 싣고 가야 한단다."

그들은 참담한 표정으로 떨어졌다. 이선이 뭔가 반항하는 말
을 하려 했으나 결국 입을 다물었고, 매티는 손수건을 찾아 얼굴
을 닦았다. 그러더니 몸을 굽혀 가방 손잡이를 잡았다.

이선은 "맷, 내려 놔" 하며 그녀를 말렸다.

그녀가 대답했다.

"저 구석을 돌아가려면 둘이 끌어야 해요."

이선은 그 말에 승복하고 다른 쪽 손잡이를 잡았고, 그녀와

둘이 무거운 가방을 들어 계단참에 내다 놓았다.

"자, 이제 놔."

이선은 그렇게 말하고, 가방을 둘러매고는 계단을 내려가 복도를 통해 부엌으로 갔다. 지나는 난로 옆에 그대로 앉아 그가 지나가도 고개조차 쳐들지 않았다. 매티는 그를 따라 나오더니 그를 도와 가방을 썰매 뒷자리에 올려놓았다. 그러고는 그와 함께 토방에 서서 대니얼 번이 성질 고약한 말을 몰고 씽씽 달려가는 모습을 지켜보았다.

이선은 보이지 않는 손이 자기 심장을 묶은 끈을 시시각각 조이는 듯한 느낌이었다. 그는 두 번이나 매티에게 뭔가 말을 하려고 입을 열었지만 목이 메어 아무 소리도 못 하고 말았다. 한참만에 그녀가 집으로 들어가려고 돌아서자 그가 그녀를 붙잡고 속삭였다.

"맷, 내가 태워다줄게."

그녀가 나지막하게 대답했다.

"지나는 조섭이 저를 태워다줬으면 하던데요."

"내가 태워다줄게."

그가 이렇게 말하자 그녀는 아무 말 없이 부엌으로 들어갔다.

이선은 한 입도 먹지 못했다. 눈을 들면 지나의 초췌한 얼굴이 보였고, 그러면 그녀의 반듯한 입술이 미소로 바르르 떨리는 것 같았다. 그녀는 날이 풀리니 몸이 한결 나아진 것 같다면서 열심히 먹고 나서, 평소와 달리 조섭 파월에게 콩을 한 번 더 덜어주었다.

식사가 끝나자 매티는 평소대로 상을 걷고 설거지를 했다. 평소에도 제일 끝까지 먹던 조섭 파월이 이윽고 천천히 의자를 밀어놓고 문 쪽으로 갔다.

그러더니 문지방께에서 돌아서서 이선에게 물었다.

"몇 시에 매티를 태우러 올까요?"

창가에 서서 기계적으로 담뱃대를 채우며 매티를 지켜보던 이선이 대답했다.

"자네는 올 필요 없네. 내가 태워다줄 거거든."

그는 외면하고 있는 매티의 얼굴이 붉게 달아오르는 모습, 지나가 얼른 고개를 쳐드는 모습을 지켜보았다.

"이선, 오늘 오후에는 집에 있어요. 매티는 조섭이 태워다줘도 되잖아요."

그의 아내가 입을 열었다.

매티도 호소하는 눈길로 그를 바라보았다. 하지만 그는 무뚝뚝한 말투로 다시 말했다.

"내가 태워다준다니까."

지나는 아까와 같은 단조로운 목소리로 말했다.

"하녀가 도착하기 전에 매티 방에 있는 난로를 고쳤으면 좋겠는데. 벌써 한 달 이상 불길이 안 좋더라구요."

이선을 벌컥 화를 내며 언성을 높였다.

"매티가 그 정도로 살았으면 하려라고 못 살라는 법 있소?"

"그 아가씨는 화덕이 있는 집에서만 살았대요."

지나가 여전히 단조로운 소리로 대꾸했다.

"그럼 계속 거기서 살 일이지."

그가 쌀쌀하게 받아넘기고 딱딱한 목소리로 매티에게 말했다.

"맷, 3시까지 준비하고 있어. 코베리에 볼 일이 있거든."

이선은 분노에 불타며 외양간 쪽으로 가는 조섭 파월의 뒤를 따라 나갔다. 관자놀이가 욱신거리고 눈앞이 아른거렸다. 그는 자기가 지금 무슨 일을 하는지, 누구의 팔다리가 움직이는지 전혀 망각한 상태로 일을 해나갔다. 그러다가 밤색 말을 끌어 썰매에 맬 때에야 비로소 제정신이 들었다. 말 머리에 굴레를 씌우고, 끌채에 봇줄을 매자니, 플랫스로 지나의 사촌들을 만나러 가려고 똑같은 일을 하던 날이 생각났다. 약 1년 전 일이었는데, 그날도 꼭 오늘처럼 포근하고, 대기가 봄 기운으로 가득했다. 밤색 말도 바로 그날같이 동그란 테가 둘린 큰 눈으로 그를 바라보며 그의 손바닥을 코로 문댔다. 그리고 이어서, 그날과 오늘 사이에 일어난 여러 가지 일들이 낱낱이 떠올라 눈앞에 아른거렸다……

그는 담요를 썰매 안에 던져놓고 자리에 올라타 집 쪽으로 말을 몰았다. 부엌은 텅 비었지만, 매티의 손가방과 숄이 문 옆에 챙겨져 있었다. 그는 층계 아래로 가서 귀를 기울였다. 2층은 잠잠했지만, 누군가가 자기 서재에 있는 것 같았다. 문을 열어보니 모자를 쓰고 재킷을 입은 매티가 등을 이쪽으로 돌리고 책상 옆에 서 있었다.

그가 다가가자 그녀는 깜짝 놀라며 얼른 돌아섰다.

"벌써 갈 시간이 됐어요?"

"맷, 여기서 뭐 해?"

그녀는 수줍은 표정으로 그를 바라보았다.

"그냥 한번 돌아봤어요. 그뿐이에요."

그러고는 어렴풋한 미소를 지어 보였다.

둘은 아무 말 없이 부엌으로 돌아왔고, 이선이 그녀의 손가방과 숄을 집어 들었다.

"지나는 어디 있어?"

그가 물었다.

"점심 먹고 바로 2층으로 올라갔어요. 배가 다시 쿡쿡 쑤신다면서 아무도 올라오지 말라고 했어요."

"잘 가란 말도 안 해?"

"아뇨, 아까 그 말만 했어요."

이선은 천천히 부엌을 둘러보고, 몇 시간 후에는 자기 혼자 이리 돌아오게 될 거라는 생각에 몸서리를 쳤다. 그러자 다시 이

모든 일이 꿈같이 느껴졌고, 매티가 지금 마지막으로 자기 앞에 서 있다는 게 전혀 실감이 안 났다.

"자, 가지."

그가 명랑한 척 말하며 문을 열고 그녀의 손가방을 썰매에 실었다. 그러고는 운전석에 뛰어올라 매티가 옆자리에 올라앉자 몸을 굽혀 담요를 둘러주었다.

"자, 이랴."

그가 고삐를 흔들자 밤색 말이 차분하게 언덕을 달려 내려가기 시작했다.

"맷, 썰매 탈 시간이 충분히 있어!"

그가 이렇게 말하며 담요 밑을 더듬어 그녀의 손을 잡았다. 그는 마치 영하의 날씨에 한잔 하러 스타크필드 술집에 들른 것처럼 얼굴이 아리고 머리가 아찔했다.

대문간에 이르렀을 때 그는 스타크필드로 가는 오른쪽 길 대신 왼쪽, 즉 벳스브리지 쪽으로 말을 몰았다. 매티는 놀라는 기색 없이 잠자코 있더니 잠시 후에 말했다.

"섀도우 폰드 쪽으로 돌아가려고요?"

그가 웃으며 대답했다.

"매티가 짐작할 줄 알았지."

그녀가 담요 밑에서 더 바싹 다가앉았다. 그래서 그가 외투 소매 옆으로 내려다보니 그녀의 코끝과 바람에 날리는 갈색 머리카락만 눈에 띄었다. 그들은 회미한 햇살 아래 빛나는 들 사이로 난 길을 지나, 오른쪽으로 틀어 낙엽송과 가문비나무가 늘어선 좁은 길을 따라갔다. 저 앞, 아주 멀리 떨어진 저 앞에는 드문드문 까만 숲으로 수놓인 언덕들이 하늘을 배경으로 뿌옇게 물결쳤다. 그 좁은 길을 지나니 소나무 숲이 나왔는데, 나뭇가지들이 오후의 햇살에 붉게 물들며 눈 위에 섬세한 그림자를 드리웠다. 숲속으로 들어서자 산들바람이 그치고 따사로운 고요함이 솔잎과 함께 나뭇가지에서 떨어져 내리는 듯했다. 이곳의 눈은 어찌나 깨끗한지 숲속에 사는 동물들의 작은 발자국이 그 위에 레이스와 같은 무늬를 이루었고, 그 위에 박힌 솔방울들은 마치 청동 장식품 같았다.

이선은 말없이 썰매를 몰다가 소나무가 좀 성글게 서 있는 곳에 이르자 말을 세우고 매티를 내려주었다. 둘은 뽀득거리는 눈 위를 걸어 솔향기가 나는 나무들을 지나 빽빽한 수풀 사이를 흐르는 얕은 시냇가에 이르렀다. 그 이름이 가리키는 대로, 서쪽 하늘에 기울어가는 해를 배경으로 솟은 산봉우리 하나가 얼어붙은 시내 위에 건너편부터 길고 세모난 그림자를 드리웠다. 여긴 이선의 마음속 같이 말 못 할 애수로 가득 찬, 조심스럽고 내밀한 곳이었다.

조약돌이 깔린 시냇가를 이리저리 훑어보던 그가 반쯤 눈에 묻힌 넘어진 나무 등걸을 발견했다.

"우리가 소풍 때 앉았던 데가 바로 저기야."

그가 말한 소풍이란 둘이 같이 참가한 몇 안 되는 행사 중 하나로, 그 해 여름의 어느 긴긴 오후 그 조용한 자리를 웃음소리로 가득 채운 '교회 야유회'였다. 이선은 처음에 매티가 같이 가자고 했을 때 싫다고 했는데, 해질 무렵 나무를 자르고 내려오다가 그쪽으로 나온 소풍꾼들에게 잡혀 이 호숫가로 따라왔다. 여기 와 보니 큰 모자 아래 산딸기같이 예뻐 보이는 매티가 떠들썩한 젊은이들에게 둘러싸여 모닥불에 커피를 끓이고 있었다. 그는 초라한 옷차림 때문에 그녀에게 다가가며 느꼈던 부끄러움, 자기를 보고 환히 밝아지던 그녀의 얼굴, 그리고 그날 그녀가 커피를 들고 사람들을 헤치고 자기에게 다가오던 모습 등을 떠올렸다. 그날 둘은 한참 동안 이 나무 등걸 위에 앉아 있었다. 그 뒤 매티가 금목걸이를 잃어버려서 젊은이들 모두 탐색에 나섰는데, 이선이 우연히 그 옆 이끼 속에서 찾아냈다……. 그뿐이었다. 그러나 그와 매티의 관계는 바로 그런 무언의 계시, 마치 겨울 숲속에서 나비를 발견했을 때와 같은, 갑작스런 행복의 순간들로 이루어져 있었다…….

"내가 매티 목걸이를 찾은 게 바로 여기였어."

그가 빽빽히 자란 블루베리 덤불을 발로 누르며 말했다.

"그렇게 눈이 밝은 사람은 처음 봤어요!"

매티가 나무 등걸에 걸터앉자 이선도 그 옆에 가 앉았다.

"분홍 모자를 쓴 매티의 모습이 그림 같았지."

그녀는 환하게 웃으며 대답했다.

"오, 그 모자 덕분이었을 거예요!"

둘이 이렇게 속마음을 털어놓고 얘기하는 건 오늘이 처음이었다. 이선은 지금 자신이 미혼이고, 이 순간 앞으로 결혼할 아가씨와 사랑을 속삭이고 있다는 착각에 빠졌다. 그는 매티를 바라보며 다시 그녀의 머리를 만지고 싶었고, 그녀에게 나무 향기가 난다고 말해주고 싶었다. 그러나 그는 그런 말을 해본 적이 없었다.

그녀가 갑자기 일어서더니 말했다.

"여기 더 있으면 안 되겠어요."

그는 아직도 반쯤 꿈에 잠긴 채 그녀를 멀거니 바라보며 대꾸했다.

"아직 시간이 넉넉한데 뭐."

둘은 서로의 모습을 가슴에 새겨 깊이 간직하려는 듯 마주 보며 서 있었다. 그는 그녀가 떠나기 전에 할 말이 있었으나 여름날의 기억으로 가득 찬 이곳에서는 차마 할 수가 없어서 말없이 돌아서서 그녀를 따라 썰매 쪽으로 갔다. 그들이 그곳을 떠날 때는 해가 이미 산 너머로 지고 붉게 물들었던 나뭇가지들이 잿빛으로 변해 있었다.

두 사람은 들 사이로 난 구불구불한 길을 따라 스타크필드로

(路)로 나왔다. 넓은 하늘 아래 대기는 아직 맑았고, 동쪽 산정에는 붉은 노을이 비쳤다. 눈 속에 묻힌 나무 등걸들은 머리를 날갯죽지에 묻은 새들처럼 서로 더 바싹 옹송그리는 듯했고, 바래가는 하늘은 더 높아져 들판이 한결 쓸쓸해 보였다.

썰매가 스타크필드로로 들어서는 순간 이선이 입을 열었다.

"맷, 앞으로 어떻게 할 생각이야?"

그녀는 한동안 아무 말 없더니 이윽고 입을 열었다.

"가게 점원 자리를 알아볼까 해요."

"그건 안 된다는 걸 맷도 알잖아. 전에도 나쁜 공기랑 하루종일 서 있는 것 때문에 거의 죽을 뻔하지 않았어?"

"스타크필드에 올 때보다 훨씬 튼튼해졌는데요, 뭐."

"그래서 이제 그걸 다 망칠 생각이야?"

여기엔 아무 답이 없어 보였고, 둘은 다시 한참을 말없이 달렸다. 그 길 한 걸음 한 걸음마다 둘이 서 있었거나, 같이 웃었거나, 말없이 머물렀던 자리가 나와 이선의 마음을 붙잡고 놔주지 않았다.

"아버지 쪽 친척 중엔 도와줄 만한 분이 안 계셔?"

"아무도 없어요."

그는 낮은 소리로 말했다.

"내게 그럴 힘만 있다면 맷을 위해 무슨 일이든 할 거라는 것 알지."

"알아요."

"그렇지만 실제로는 아무 대책도 없어……."

그녀는 아무 말 안 했지만, 몸을 파르르 떠는 게 어깨에 느껴졌다.

"오, 맷."

그가 참지 못하고 소리쳤다.

"지금 맷이랑 떠날 수 있다면 그렇게 했을 거야……."

그녀는 이선 쪽으로 몸을 돌리며 가슴에서 종이 쪽지를 꺼내들었다.

"이선, 이게 눈에 띄었어요."

그녀가 더듬거리며 말했다. 날이 저물었지만 그는 그게 자신이 그 전날 밤 지나에게 쓰다가 깜박 잊고 그냥 둔 편지임을 알아보았다. 그는 경악을 금치 못하면서도 엄청난 환희에 사로잡혔다.

"맷……. 내가 갈 수 있었으면, 같이 가줬겠어?"

그가 외쳤다.

"오, 이선, 이선……. 말해봤자 무슨 소용 있어요?"

그녀는 갑자기 편지를 잘게 찢어 눈 속으로 날려버렸다.

"말해봐, 맷, 빨리!"

그가 간청했다.

그녀는 잠시 가만히 있더니 아주 낮은 소리로 대답했고 이선은 그녀의 목소리를 들으려고 고개를 기울였다.

"여름에, 달이 하도 밝아서 잠이 안 올 때, 가끔 그 생각을 했어요."

그는 황홀감에 휩싸였다.

"그때 벌써?"

그녀는 전부터 확실한 날짜를 헤아려보고 있었다는 듯이 대답했다.

"처음 그런 생각을 한 건 새도우 폰드에서였어요."

"그래서 나부터 커피를 줬던 거야?"

"모르겠어요. 제가 그랬어요? 이선이 같이 못 간다고 해서 정말 속상했는데, 길 저쪽에서 오시는 걸 보고 있자니 일부러 이 길로 집에 가시는 건지도 모른다 싶어 기분이 좋았어요."

그러고는 다시 둘 다 말이 없었다. 이윽고 썰매가 이선의 방앗간 옆, 길이 푹 내려가는 지점에 이르자, 그들과 함께 어둠도 검은 베일처럼 솔송나무 가지에서 떨어졌다.

"맷, 난 꼼짝할 수도 없는 입장이야. 무슨 수가 없어."

그가 다시 입을 열었다.

"이선, 가끔 저한테 편지하셔야 돼요."

"편지가 무슨 소용이야? 난 이 손으로 맷을 어루만지고, 맷을 위해 일하고, 아껴주고, 맷이 아프거나 외로울 때 옆에 있어주고 싶은데."

"제가 잘 되는 경우만 생각하세요."

"그럼 내가 필요 없을 거란 말이지? 그래, 맷은 곧 결혼할 테니까!"

"오, 이선!"

그녀가 소리쳤다.

"맷은 내 마음 전혀 모를 거야. 맷이 결혼하는 걸 보느니 차라리 죽는 걸 보는 게 나을 것 같아."

"오, 저도 제가 죽었으면 좋겠어요. 죽는 게 나을 것 같아요."

그녀가 흐느끼며 말했다.

이선은 그녀의 울음소리를 듣고야 치밀어 오르던 화가 풀리고, 자신이 부끄러워졌다.

"자꾸 이런 식으로 얘기하지 말자."

그가 속삭였다.

"사실인데 왜 안 돼요? 저는 오늘 하루 종일 제가 죽었으면 좋겠다고 생각했는데요."

"맷, 그런 소리 하지 마! 어떻게 그런 말을 해?"

"지금까지 저한테 잘해준 사람은 이선밖에 없어요."

"그런 말도 하면 안 돼. 맷을 위해 아무 대책도 세워주지 못하는 내 처지 알면서."

"하지만 사실인 걸요."

그들은 '학교 둑' 꼭대기에 올라 어둠에 잠긴 스타크필드를 내려다보았다. 썰매 한 대가 마을 쪽에서 올라오더니 방울 소리도 명랑하게 그들 옆을 지나갔다. 둘은 얼른 자세를 가다듬고 엄숙한 표정으로 앞쪽을 바라보았다. 중앙로에 있는 집들은 어느새 가로등을 밝혔고, 여기저기 문간으로 들어가는 사람들의 모습이 보였다. 이선이 채찍으로 말을 툭 치자 썰매가 다시 천천히 미끄러져 가기 시작했다.

마을 어귀에 이르자 애들 소리가 왁자했고, 소년들 한 무리가 썰매를 끌고 삼삼오오 교회 뒤로 가는 게 보였다.

"앞으로 2, 3일은 눈이 안 올 것 같군."

이선이 맑아지는 하늘을 쳐다보며 말했다.

매티가 잠자코 있자 그가 다시 말했다.

"원래는 우리 오늘 썰매 타러 가기로 했지?"

그녀가 여전히 가만히 있자, 이선은 이 가슴 아픈 상황을 마주한 그녀와 자신을 조금이나마 위로해보려는 생각에서 말을 이었다.

"우리가 같이 썰매 타러 간 게 작년 겨울 그때 한 번뿐이라니 우습지 않아?"

그녀가 대답했다.

"저도 마을에 내려가 본 게 몇 번 안 돼요."

"그렇지."

그들이 코베리로 꼭대기에 이르러 보니 저만치 뿌옇게 빛나는 교회와 검은 장막같이 우거져 있는 바넘 가의 전나무 사이로 길게 뻗은 텅 빈 비탈이 보였다. 이선은 갑자기 알 수 없는 충동에 사로잡혀 말했다.

"지금 타면 어때?"

맷이 어설프게 웃으며 대답했다.

"그럴 시간이 있어야죠."

"시간은 걱정 말고, 자, 가자!"

지금 그에게 남은 단 하나의 욕망은 플랫스 쪽으로 가는 시간을 최대한 늦추는 것이었다.

"그 아가씨는 어떡하고요? 역에서 기다릴 거 아녜요."

그녀가 걱정스런 투로 말했다.

"기다리라지. 아니면 맷이 기다려야 될 거 아냐. 자, 빨리 와!"

그녀는 이선의 권위 있는 어조에 압도된 듯, 썰매에서 뛰어내린 그가 자신을 내려주러 오자 아무 말 없이 내리더니, 약간 주저하는 척하며 덧붙였다.

"하지만 썰매가 없잖아요."

"바로 저기 있잖아! 전나무 아래."

그는 머리를 숙이고 얌전히 선 밤색 말 등에 담요를 덮어주고는 매티의 손을 잡고 썰매 쪽으로 갔다.

그녀는 순순히 썰매에 앉았고, 이선도 그녀의 머리카락이 얼굴에 닿을 만큼 가깝게 그녀 뒤에 자리를 잡았다.

그녀가 고개를 돌리며 물었다.

"이렇게 깜깜해서 길이 보일까요?"

그가 코웃음을 쳤다.

"이 길은 눈을 가리고도 갈 수 있어!"

그가 큰소리치는 걸 보고 그녀도 기분 좋게 웃었다. 하지만 그는 잠시 가만히 앉아 긴 비탈을 유심히 내려다보았다. 하늘의 잔광(殘光)이 마저 스러지며 땅에서부터 번져오는 어둠과 뒤섞여 이정표들을 가리고 거리감을 흐리는 이때가 하루 중 제일 위험한 시각이었기 때문이다.

"자!"

그가 외쳤다.

썰매는 한 번 덜컹 하더니 점점 더 빠르고 부드럽게 어둠 속을 달려갔다. 저·아래엔 칠흑 같은 어둠이 깔려 있고, 귀를 스쳐가는 바람은 오르간 같은 소리를 냈다. 매티는 가만히 앉아 있었지만 느릅나무가 위험하게 뻗어 나와 있는 언덕 발치를 지날 때는 이선 쪽으로 좀 더 바싹 다가오는 것 같았다.

"맷, 겁낼 거 없어!"

썰매가 안전하게 그 옆을 지나 두 번째 비탈을 내려갈 때 이선이 신이 나서 소리쳤고, 마침내 평평한 데로 나와 달리는 속도가 느려지자 그녀가 즐겁게 웃는 소리가 들렸다.

둘은 재빨리 썰매에서 내려 다시 언덕을 올라가기 시작했다. 이선은 한 손으로 썰매를 끌고 다른 손으로는 매티의 팔짱을 꼈다.

"내가 맷을 그 나무에 부딪히게 할까 봐 무서웠어?"

그가 장난스럽게 웃으며 물었다.

"이선이랑 같이 있으면 아무것도 겁 안 난다고 전에 말했잖아요."

이선은 이상하게 기분이 들떠 평소의 그답지 않게 떠벌렸다.

"그래, 그 자리 정말 위험하지. 우리가 이만치만 잘못 갔어도 이 언덕을 다시 올라오지 못했을 거야. 하지만 나는 머리카락 한 올 정도 거리도 정확히 계산할 수 있어. 전부터 항상 그랬지."

그녀가 머뭇거리며 말했다.

"저도 이선만큼 눈 밝은 사람이 없다고 항상 그랬어요."

어느새 별 없는 밤이 깊었고, 둘은 말없이 서로에게 기대었다. 그러나 그는 한 발짝 한 발짝 걸을 때마다, '이게 우리가 같이 걸을 마지막 기회다'라는 생각을 떨칠 수 없었다.

둘은 천천히 언덕을 올라갔다. 그리고 교회가 저 앞에 보일 때쯤 이선이 고개를 기울여 그녀에게 물었다.

"피곤해?"

그러자 그녀가 숨을 몰아쉬며 대답했다.

"아주 재미있었어요!"

이선은 팔에 힘을 주어 그녀를 노르웨이 전나무 쪽으로 데리고 갔다.

"이건 네드 헤일 썰매일 거야. 어쨌든 원래 있던 데 갖다 놔야지."

그는 썰매를 바넘 가 대문 쪽으로 끌어다 울타리에 기대 놓았다. 그가 몸을 일으키자 어둠 속에서 매티가 바로 옆에 서 있었다.

"네드와 루스가 입맞춘 게 바로 여긴가요?"

그녀가 가쁜 소리로 묻고 그를 안았다. 그러고는 그의 입술을 찾느라고 입으로 얼굴을 더듬었다. 그는 황홀한 충격으로 그녀를 꽉 껴안았다.

"안녕히 계세요, 안녕."

그녀가 속삭이며 다시 그에게 입맞추었다.

"오, 맷, 못 가게 할 거야!"

그가 전처럼 외쳤다.

그녀는 몸을 빼더니 흐느껴 울면서 호소했다.

"오, 저도 못 갈 것 같아요!"

"맷, 어떡하면 좋을까, 어떻게 할까?"

둘은 아이들처럼 서로의 손을 부여잡았고, 그녀는 소리 죽여 흐느꼈다.

정적 속에서 5시를 울리는 교회 종소리가 들려왔다.

"오, 이선, 시간이 됐어요!"

그녀가 외쳤다.

그는 그녀를 다시 끌어안았다.

"무슨 시간? 내가 가게 할 것 같아?"

"기차를 놓치면 어디로 가요?"

"기차를 타면 어디로 갈 거야?"

그녀는 이선에게 차갑고 맥풀린 손을 맡긴 채 가만히 서 있었다.

"이제 와서 우리 중 하나가 다른 쪽 없이 어딜 가면 뭐 해?"

그가 말했다.

그녀는 이 말을 못 들은 듯 가만히 있더니 갑자기 손을 빼 그의 목을 껴안고 눈물에 흠뻑 젖은 볼을 그의 얼굴에 비볐다.

"이선, 이선, 다시 썰매 타러 가요."

"다시?"

"네, 다시 못 올라오게 똑바로요."

그녀가 가쁜 소리로 말했다.

"맷, 도대체 무슨 소리야?"

그녀는 입술을 그의 귀에 가까이 대고 말했다.

"저 큰 느릅나무로요. 할 수 있댔죠? 그럼 다시는 안 헤어질 거 아녜요."

"뭐라고, 무슨 말을 하는 거야? 정신 나간 소리!"

"정신 나간 거 아녜요. 하지만 이선을 떠나야 한다면 정말 미칠 거예요."

"오, 맷, 맷……."

그가 신음하듯 말했다.

그녀는 그를 더 꽉 껴안고 얼굴을 가까이 댔다.

"이선, 이선을 떠나면 제가 어딜 가겠어요? 저는 혼자 살아갈 수 없어요. 방금 그렇게 말씀하셨죠. 이선 말고는 저를 아껴준 사람이 하나도 없어요. 집에 가면 그 아가씨가 있을 거고, 내가 밤마다 누워 이선이 2층으로 올라오는 소리를 듣던 침대에서 그 여자가 잘 거예요……."

이선은 이 말 한마디 한마디가 자기 심장의 파편같이 느껴졌다. 그리고 그와 함께, 자신이 돌아갈 집, 자신이 매일 밤 올라가게 될 층계, 거기서 자기를 기다리는 그 여자가 떠올랐다. 그리고 매티의 감미로운 말, 그녀도 자신과 똑같은 경험을 했음을 깨달은 데서 오는 엄청난 경이 때문에 자신이 돌아가게 될 그런 광경, 그런 생활이 더욱더 가증스럽게 느껴졌다…….

그녀는 흐느끼면서도 간간이 뭔가 속삭였지만 이선에게는 더는 그녀의 말이 귀에 들어오지 않았다. 그녀의 모자가 뒤로 젖혀졌고, 이선은 그녀의 머리를 어루만졌다. 그는 그 느낌이 겨울철의 씨앗처럼 그의 손에 익어 잠자게 해주고 싶었다. 그는 다시 그녀의 입술을 찾았고, 둘은 햇빛 쏟아지는 8월의 호숫가에 서 있는 듯한 느낌이었다. 하지만 이선의 볼이 차갑고 눈물에 흠뻑 젖은 그녀의 볼을 스친 순간, 그는 플랫스로 가는 길을 떠올렸고 기찻길 저쪽에서 들려오는 호각 소리를 들었다.

둘은 어둡고 고요한 전나무 숲속에 서 있었다. 관 속에 누워 있다면 이런 느낌이 들겠지. 그는 '그래, 관 속도 아마 이럴 거야. 하지만 그러고 나면 아무 느낌도 없겠지……'라는 생각을 했다.

갑자기 밤색 말이 히힝거리는 소리가 들리자 이선은, '왜 저녁밥을 안 주나 해서 저러겠지' 싶었다.

"가요."

매티가 그의 손을 끌며 속삭였다.

그녀의 차분한 힘이 그를 긴장시켰다. 그녀가 운명의 사자(使者)같이 느껴졌기 때문이다. 그는 밤새처럼 눈을 깜박이며 썰매를 끌고 어두운 전나무 그늘에서 나와 투명한 어둠으로 덮인 공터로 걸어갔다. 저 아래 비탈은 텅 비어 있었다. 스타크필드 전체가 저녁을 먹을 시간이어서 교회 앞 공터에도 사람이 없었다. 날이 풀릴 참인지 잔뜩 흐린 하늘은 폭풍 직전의 여름 하늘처럼 낮아 보였다. 이선은 유난히 침침하게 느껴지는 눈을 부릅뜨고 어둠 속을 내다보았다.

그가 썰매에 오르자 매티도 금방 앞자리에 앉았다. 그녀의 모자가 벗겨져 눈밭에 떨어졌고 머리카락이 그의 입술에 와 닿았다. 그는 다리를 뻗어 썰매가 흘러 내려가지 않게 발로 버티고 그녀의 머리를 두 팔 사이에 끼었다. 그러다가 갑자기 일어서서 말했다.

"일어나 봐."

"왜요?"

"내가 앞에 앉고 싶어."

"안 돼요. 안 돼요. 그럼 방향을 못 잡잖아요."

"방향 잡을 필요 없어. 그냥 길 난 대로 내려가면 돼."

그들은 밤이 들을세라 소리를 죽여 속삭였다.

"일어나, 빨리."

그가 다시 말했지만 그녀는 꼼짝 안 했다.

"왜 앞에 앉으려고 하세요?"

"왜냐하면, 왜냐하면 매티가 나를 안아줬으면 해서."

그가 더듬거리며 말하고 그녀를 일으켜 세웠다.

그녀는 이 대답에 수긍했거나, 그의 말투에 굴복한 듯했다. 그는 어둠 속에서 몸을 굽혀 사람들이 많이 타 반들반들해진 바닥을 손으로 만져보고 조심스럽게 썰매의 활주날을 끼었다. 그가 책상다리를 하고 앞자리에 앉자 기다리던 매티가 얼른 몸을 굽혀 그를 껴안았다. 그녀의 숨결이 목덜미에 와 닿자 그는 전율을 느끼며 자리에서 벌떡 일어설 뻔했다. 하지만 다음 순간 다른 길이 있음을 기억했다. 그녀 말이 옳았다. 헤어지는 것보다 이게 나았다. 그는 고개를 돌려 그녀에게 입을 맞추었다…….

썰매가 미끄러져 내려가는 순간 밤색 말이 히힝거리는 소리가 들려왔고, 그 아련한 소리와 그것이 떠올리는 모든 혼란스러운 영상들이 그와 함께 비탈의 첫 부분을 내려갔다. 반쯤 내려가다 잠시 멈칫한 썰매는 다시 길고 아찔한 활강을 시작했다. 이선은 자기들이 정말 나는 듯한 느낌, 자신들이 공중의 점같이 작아지는 스타크필드를 저 아래 남기고 구름 낀 밤하늘로 날아오르는 듯한 느낌이 들었다……. 이윽고 거대한 느릅나무가 길모퉁이에서 그들을 기다렸다는 듯 불쑥 나타나자 이선은 악문 이 사이로 말했다.

"제대로 될 거야, 틀림없어."

그들이 나무를 향해 돌진하는 동안 매티는 그를 더 꼭 껴안았고, 이선은 마치 그녀의 피가 자신의 몸속으로 흘러 들어온 것 같은 느낌이었다. 썰매가 한두 번 뒤뚱거렸다. 이선은 나무 쪽으로 똑바로 가려고 몸을 기울여 방향을 조절하면서 되뇌었다.

"제대로 될 거야."

아까 그녀가 한 말이 조각조각 머릿속을 감돌고 눈앞에 날아다녔다. 썰매가 비탈을 내려감에 따라 나무가 점점 더 크고 가깝게 다가오자 그는, '우릴 기다리고 있군, 눈치 챘나 봐'라고 생각했다. 그런데 갑자기 끔찍하게 주름진 아내의 얼굴이 나무 앞에 나타나 보였고, 그는 본능적으로 나무를 피해 가려고 몸을 뒤틀었다. 썰매가 그의 뜻대로 살짝 옆으로 틀어졌다. 그러나 그는 다시 썰매를 돌려 시커멓게 튀어나온 나무를 향해 돌진했다. 마지막 순간, 공기가 몇백만 개의 불붙은 선처럼 그를 스치고 갔고, 나무가……

하늘엔 아직도 구름이 잔뜩 껴 있었지만, 똑바로 위를 보니 별이 하나 보였다. 이선은 그 별이 시리우스일까 아니면 다른 별일까 생각하다가 너무 힘이 들어 눈을 감고 잠을 청했다…… 사방이 너무도 조용해서 어딘가 이 근방 눈 밑에서 부스럭거리는 동물 소리가 들려왔다. 그는 들쥐처럼 겁먹은 소리로 조그맣게 삐악거리는 그 동물의 소리에 귀를 기울이며 어렴풋이 혹시 다친 게 아닐까 생각했다. 그러다가 문득 그 동물이 고통을 받고 있다, 너무 심한 고통을 받고 있어 신기하게도 자신의 몸에까지 그 아픔이 생생히 전해진다는 생각이 들었다. 그는 소리 나는 쪽으로 굴러가려고 애써보다가 왼쪽 팔을 눈 위로 뻗었다. 그런데 이번에는 그 울음소리가 귀에 들리는 게 아니라 손에 잡히는 것 같았다. 그의 손은 뭔가 부드럽고 탄력 있는 물체를 만지고 있다. 그는 그 동물이 아파하는 게 너무 안타까워서 몸을 일으키려 했으나, 바윈지, 뭔가 엄청나게 큰 것이 자신을 누르는 느낌이었다. 그래도 그는 그 작은 동물을 집어 도와주고 싶어서 조심스럽게 왼손을 뻗어봤다. 그리고 갑자기 자신이 만진 부드러운 물체가 바로 매티의 머리고 지금 자기 손에 잡힌 것이 그녀의 얼굴임을 깨달았다.

그는 자신을 짓누르는 엄청난 무게를 떠받치며 윗몸을 일으켜 손으로 그녀의 얼굴을 이리저리 훑고 그 신음 소리가 바로 그녀의 입에서 나오고 있음을 깨달았다……

그가 얼굴을 그녀 쪽으로 바짝 기울이고 그녀의 입에 귀를 갖다 댔다. 어둠 속에서 그녀가 눈을 뜨고 그의 이름을 부르는 게 보였다.

"오, 맷, 난 우리가 나무를 친 줄 알았는데."

그가 신음하듯 속삭였다. 저쪽에서 밤색 말이 히힝거리는 소리가 들리자 이선은, '빨리 먹이를 줘야 할 텐데' 하고 생각했다.

■

　내가 프롬의 부엌에 들어선 순간 그때까지 단조로운 어조로
투덜거리던 여자가 입을 다물었고, 그래서 그게 거기 있는 둘 중
어느 쪽의 목소리였는지 알 수 없었다.

　내가 나타나자 그 중 하나가 (키가 크고 골격이 두드러진 쪽)
자리에서 일어섰는데, 나를 환영하려는 게 아니라—나를 한번
흘깃 쳐다보고는 그뿐이었으니까—프롬 때문에 늦어졌던 저녁
상을 차리려는 것이었다. 그녀는 낡아빠진 면 실내복을 걸치고
성긴 흰머리를 높은 이마에서부터 뒤로 올려 부러진 빗으로 잡
아매었다. 연한 색 불투명한 눈은 아무 사연도 밀하거나 반영하
지 않았고, 얇은 입술은 얼굴 피부와 마찬가지로 창백했다.

　다른 쪽 여자는 훨씬 작고 가냘펐다. 그녀는 난로 옆에 놓은
안락의자에 앉아 있다가 내가 들어오자 머리를 휙 돌려 이쪽을
봤는데 몸은 전혀 움직이지 않고 그대로 있었다. 그녀의 머리도
아까 그 여자만큼 하얗게 세고, 얼굴 역시 그만큼 창백하고 주름

져 보였으나, 여기저기 그늘이 져 코가 더 높아 보이고 볼이 더 홀쭉해 보였다. 그녀의 몸은 볼품없는 옷 속에서 아무 움직임 없이 가만히 있었으나, 검은 눈은 등뼈에 이상이 있는 사람들이 가끔 그렇듯이 마녀같이 반짝거렸다.

부엌은 그 지역으로 치더라도 아주 초라한 편이었다. 검은 눈의 여자가 앉아 있는, 시골 경매장에서 파는 때 낀 사치품 같은 의자를 빼면, 가구 모두가 아주 거친 편이었고, 칼자국이 난 기름때 낀 식탁에는 초라한 접시 세 개와 귀 떨어진 우윳병이 놓여 있었다. 회칠한 벽 쪽으로 볏짚을 짜 만든 의자 몇 개와 소나무로 만든 찬장이 보였다.

"어이구, 추워. 불이 다 꺼졌나 보군."

프롬이 무안한 표정으로 주변을 둘러보며 내 뒤를 따라 들어왔다.

찬장 쪽에 가 있던 키 큰 여자는 아무 소리도 안 했지만, 안락의자에 앉은 여자가 높고 날카로운 목소리로 불평하듯 대꾸했다.

"이제야 불을 피웠거든요. 지나가 잠이 들어 어찌나 오래 잤는지, 전 여기서 꽁꽁 얼어 죽는 줄 알았어요."

그러고 보니 아까 우리가 들어올 때 투덜거리던 쪽은 바로 이 여자였다.

찌그러진 파이 그릇에 담은, 먹다 남은 찬 고기 파이를 갖고 오던 여자는 자기를 원망하는 이 소리를 못 들은 척하고 그 입맛 떨어지는 요리를 식탁에 내려놓았다.

그녀가 이쪽으로 오는 동안 그 앞에 머뭇거리고 서 있던 프롬은 나를 보며 말했다.

"이쪽이 우리 집사람입니다."

그러고는 잠시 후 안락의자에 앉은 여자 쪽을 보며 덧붙였다.

"그리고 이쪽은 매티 실버 양……."

맘씨 좋은 헤일 부인은 내가 플랫스에서 길을 잃고 눈보라에 휩쓸려 실종된 줄 알았다가 다음날 멀쩡한 모습으로 나타나자 좋아서 어쩔 줄 모르며 전보다 몇 배나 더 친절하게 대해주었다.

그녀와 늙은 바넘 부인은 이선 프롬이 그 겨울에 가장 극심한 폭풍 속에서 나를 늙은 말이 끄는 마차에 싣고 코베리 간이역에서 동네까지 태워다줬다는 말을 듣고 깜짝 놀라더니, 그가 나를 자기 집에서 묵고 가게 해줬다는 말을 듣고는 경악을 금치 못했다.

그들의 놀라는 표정 속에는 전날 내가 본 광경을 듣고 싶어하는 눈치가 역력했고, 그들의 숨은 사연을 들으려면 나부터 입을 열어야 한다는 생각이 들어, 나는 범상한 말투로 그 집 식구들이 나를 따뜻이 대해주었고, 이선이 전에 집필실이나 서재로 쓰던 방 같은 데 내 잠자리를 마련해주었다고 얘기했다.

"하긴."

헤일 부인이 입을 열었다.

"그런 폭풍 속에선 이선도 선생을 재워 보낼 수밖에 없었겠지. 하지만 이선에겐 쉬운 일이 아니었을 거예요. 내가 알기론 지난 20년 동안 그 집에 발을 들여놓은 외지 사람은 선생이 처음이에요. 그는 아주 오랜 친구들도 집에 안 들여놓으려고 하거든요. 하긴 요새는 나랑 의사 선생님 말고는 그 집에 가려고 하는 이도 없지만 말예요……."

"헤일 부인, 요새도 그 집에 가세요?"

내가 조심스레 물었다.

"그 사고 직후, 내 신혼 때는 자주 갔죠. 그런데 얼마 뒤에는 우릴 보는 게 그 사람들한테 더 괴로울 거란 생각이 들고, 이런저런 일이 생기고, 나도 살기가 어려워지고……. 그래도 설날 무렵이랑 여름에 한 번 정도는 들러보죠. 될 수 있으면 이선이 없을 때 가려고 하죠. 그 여자들 둘이 앉아 있는 걸 보는 것도 괴롭지만, 그가 초라한 자기 집 안을 둘러볼 때의 표정이란 차마 봐줄 수 없어요……. 자꾸 그들이 그렇게 되기 전, 이선의 어머니가 살아 계실 때의 그 집 모습이 생각나서 말이죠."

이때는 늙은 바넘 부인은 벌써 자러 올라가고 그 딸과 나만 저녁을 먹고 말총으로 채운 가구가 놓인 검소한 거실에 앉아 있었다. 헤일 부인은 내 얘기를 들으며 얼마나 얘기를 해줘야 할지 몰라 머뭇거리는 눈치였다. 나는 그녀가 지금까지 입을 다물고 있었다면 그건 자기만 본 것을 같이 이해할 만한 사람이 나타나기를 기다리느라고 그랬으리란 생각이 들었다.

나는 그녀가 맘을 놓을 때까지 좀 더 기다리다가 입을 열었다.

"네, 그 셋이 같이 있는 걸 보니 정말 안됐더군요."

그녀는 온화한 이마를 괴로운 듯 찌푸리더니 말했다.

"처음부터 정말 끔찍했어요. 그들이 실려 왔을 때 난 집에 있었는데, 사람들이 매티를 지금 선생이 묵고 계신 방에 눕혔죠. 매티는 나랑 단짝이어서 그 다음 해 봄에 내 들러리를 서주기로 돼 있었죠……. 그녀가 깨어난 뒤 내가 밤새도록 옆에 있었는데, 진정제를 먹은 뒤라 다음날 아침까지 별로 정신이 없는 것 같았어요. 그러더니 갑자기 정신을 차리고 그 큰 눈으로 나를 똑바로 쳐다보며……. 오, 내가 왜 선생한테 이런 얘길 하는지 모르겠군요."

헤일 부인은 울음이 북받쳐 말을 잇지 못했다.

그녀는 안경을 벗어 물기를 닦더니 떨리는 손으로 다시 썼다.

"다음날 들리는 말로는 지나가 하녀를 데려오느라고 갑자기 매티를 내보냈다, 이선이랑 매티가 왜 기차를 타러 플랫스에 안 가고 거기서 썰매를 탔는지 모르겠다고들 하더군요. 나 자신도 지나가 무슨 생각에서 그랬는지, 이날 이때까지도 몰라요. 지나

마음은 아무도 모르죠. 어쨌든 지나는 사고 소식을 듣자마자 이선이 누워 있는 목사님 댁으로 와서 거기 내내 있었어요. 그리고 의사들이 매티를 옮겨도 된다고 하자 사람들을 시켜 그녀를 자기 집으로 실어갔죠."

"그럼 그때부터 계속 거기 있었던 거예요?"

헤일 부인이 간단히 대답했다.

"거기 말고는 갈 데가 없었어요."

가난한 이들의 딱한 처지를 생각하니 가슴이 아려왔다.

헤일 부인이 말을 이었다.

"네, 그때부터 지금까지 거기 있었죠. 지나는 그녀와 이선을 위해 나름대로 애써왔고, 지나가 얼마나 아팠던가 생각하면 이건 기적이죠. 그런데 그럴 필요가 생기니까 금방 떨치고 일어나더라고요. 요새도 가끔 의사한테도 가고 아파 누울 때도 있지만, 20년 이상 저 두 사람을 돌봐왔어요. 그 사고 전에는 자기 한 몸도 주체 못 하던 사람이."

헤일 부인이 잠시 말을 멈췄다. 나는 그녀가 한 말을 눈앞에 그려보느라고 가만히 있다가 이윽고 입을 열었다.

"정말 모두 안됐군요."

"네, 정말 가슴 아픈 일이에요. 다들 성격도 까다롭고. 매티는 사고 전에는 아주 좋았죠. 그렇게 상냥한 사람은 본 적이 없으니까요. 하지만 고생을 너무 많이 했어요. 사람들이 그녀 말을 안 좋게 하면 제가 항상 하는 소리가 그거예요. 지나는 원래 성미가 급했고. 그래도 매티 뜻을 받아주는 것 보면 참……. 나도 직접 봤으니까요. 그런데 가끔 그 둘이 싸울 때 이선 표정을 보면 정말 차마 못 봐줘요……. 그럴 때 보면 이선이 그 셋 중 제일 안쓰럽고……. 어쨌든 지나는 아녜요. 그녀는 그럴 시간이 없으니까……. 그래도 참 안됐어요."

헤일 부인이 한숨을 쉬며 말했다.

"셋이서 그 부엌 한 칸에 모여 있는 걸 보면. 여름이나 날씨가 좋을 때는 둘이서 매티를 들어다가 응접실이나 토방에 놓는데 그럴 땐 좀 낫죠……. 그런데 겨울에는 여기저기 불을 피우기가 어렵죠. 한 푼이 새로운 집이니까."

헤일 부인은 오랫동안 간직해온 이야기를 털어놓은 게 후련한 듯 숨을 푹 내쉬었다. 더는 할 말이 없는 듯 입을 다물었던 그녀가 갑자기 더 밝히고 싶은 게 있는 눈치였다.

그녀는 안경을 벗더니 구슬 수를 놓은 탁자보 위로 몸을 굽히고 낮은 소리로 말했다.

"사고가 나고 일주일쯤 지나 매티의 상태가 아주 악화된 적이 있었지요. 글쎄, 제 생각엔 그때 그녀가 살아난 게 유감이에요. 제가 한 번 목사님께 이런 얘길 하니까 그분은 깜짝 놀라시더군요. 그녀가 그날 아침 깨어났을 때 일을 모르셔서 그렇죠……. 그녀가 죽었으면 이선이 살았을 텐데, 지금 상태로는 그 집 안에 있는 프롬 일가와 그 앞 묘지에 묻힌 그 조상들이 별 차이가 없어요. 하나 다른 게 있다면 땅에 묻힌 쪽은 다들 소리 없이 지내고, 안식구들이 모두 입을 다물고 있다는 거겠죠."

작품 해설

《이선 프롬(Ethan Frome)》(1911)은 이디스 워튼(Edith Wharton, 1862~1937)의 많은 소설 중에서도 가장 널리 읽히고, 그 애절한 사랑 이야기와 예리한 심리 묘사가 가장 뛰어난 작품이다.

결혼한 지 7년 된 젊은 부부와, 그들 사이에 갑자기 나타나 돌이킬 수 없는 변화를 가져온 20대 아가씨의 이야기를 다룬 이 소설은 출간된 지 거의 백 년이 지났지만 조금도 그 빛을 잃지 않은 현대의 고전으로 높이 평가받고 있다. 미국에서는 주로 중·고등학교 교재로 사용되지만, 나이 들어 다시 읽어도 변함없는 감동을 안겨줄 뿐 아니라, 중편 정도의 짧은 길이임에도 읽을 때마다 새로운 것을 발견하게 해주는 명작이기도 하다.

이 작품이 그토록 인상적인 데는 몇 가지 이유가 있는데, 그중 하나는 제한된 시공간 속에서 여러 요소들이 최대한의 고통을 자아내게끔 치밀하게 조합되었다는 사실이고, 또 다른 하나는 혼란스럽고 괴로운 현실의 소용돌이 속에서 어떻게든 각성에

도달해야 한다는 작가 자신의 내적 필요가 일종의 용광로처럼 작용하여 그녀 자신의 체험과 주변 인물들을 가장 솔직하면서도 예술적인 방식으로 변용시키고 있다는 것이다.

1904년 3월 12일《버크셔 이브닝 이글(Berkshire Eve-ning Eagle)》지는 미국 매서추세츠주 레녹스에서 일어난 무서운 썰매 사고를 보도했다. 이 기사에 따르면 고등학생 다섯 명이 코트하우스 힐에서 썰매를 타다가 언덕 아래쪽에 있는 가로등에 충돌했고, 그 결과 한 학생은 그날 밤 사망하고, 다른 한 명은 평생 불구가 되었으며, 또 다른 한 명은 얼굴에 심한 상처를 입었다. 워튼의 저택 '마운트(The Mount)'는 이 사고 현장에서 그리 멀지 않은 곳에 있었고,《이선 프롬》에 나오는 썰매 사고나 남녀 주인공의 모습은 이 사건에서 많은 것을 차용한 것이다.

이 작품을 만드는 데 기여한 또 다른 중요한 요소는 바로 1907년에 만나 그 다음 해에 연인이 된 모튼 풀러튼(Morton Fullerton, 1865~1952)과 워튼 부부의 관계다. 1907년 당시 《런던 타임스(London Times)》의 파리 주재 기자였던 풀러튼은 당시 45세였던 워튼으로 하여금 난생 처음 열정적인 사랑과 육체적 쾌락을 경험하게 해주었고, 그녀가 지닌 여성성을 한껏 발휘할 기회를 주었을 뿐 아니라, 문학적·사회적으로 성장할 수 있는 다양한 통로를 열어주기도 했다. 하지만 다른 한편으로는 워튼의 친구들을 포함한 여러 상대와의 끊임없는 연애 행각과 충격적인 정서적 우둔함으로 그녀에게 상상할 수 없는 고통을 안겨주었다. 설상가상으로 당시 워튼은 25년 전 결혼한 남편 테디의 계속된 외도와 우울증 악화, '마운트' 매각을 비롯한 재정적 분쟁으로 번민에 휩싸여 있는 상태이기도 했다. 한없이 매력적이지만 궁극적으로는 파괴적일 수밖에 없는 연인과, 지나치게 의존적이고 상대방의 필요에 둔감한 남편 사이에서 고민하는 워튼의 당시 모습은 매티 실버와 지나 사이에서 갈등하는 이선 프롬과 별반 다르지 않다.

하지만 워튼은 소설 속의 인물이 아니라 그 모든 사건과 인물을 만들어내고, 그것들을 움직여 자신이 원하는 예술적 목적을 달성하는 작가다. 그래서 워튼의 처지가 이선이나 매티, 심지어는 지나와 같은 점이 있더라도 그것은 어디까지나 단편적인 것이고, 이 작품에서 그녀와 가장 비슷한 처지에 있는 인물은 바로 익명의 화자(話者)다. 이선과 매티의 이야기를 여기저기서 얻어 듣고, 그것들을 종합해 독자에게 전달하는 인물인 화자는 바로 이선이 그토록 원했으나 결국 이루지 못한 꿈, 즉 유능한 엔지니어가 되어 대도시에서만 누릴 수 있는 충만한 삶을 살고 싶다는 소망을 달성한 사람이다. 그는 자기 분야의 최신 이론서를 들고 다니며 읽고, 낯선 곳에 출장을 나와 이선을 비롯한 현지 주민들과 자유롭게 교류하고, 스타크필드(Starkfield)의 문화적 상징이라 할 헤일 부인의 용모와 저택을 객관적으로 평가할 만한 안목을 지닌 교양인이다.

이선이 학창 시절의 꿈을 이룰 수 있는 유일한 길은 스타크필드를 벗어나 엔지니어가 되는 데 필요한 교육을 받는 것이었으나, 그에게는 그런 기회가 주어지지 않았고, 매티를 통해 열정과 감성의 개화(開花)를 꿈꾸어보지만 스타크필드를 상징하는 부인 지나의 결핍과 구속력은 그를 영원히 그곳에 묶어두게 된다. 이런 구도에서 작가인 워튼은 때로는 사랑에 빠진 청순한 처녀가 되기도 하고, 그 처녀와 부인 사이에서 갈등하는 순박한 시골 청년 이선이 되기도 하고, 그런 이선을 공감과 연민의 눈으로 바라보며 슬픔에 잠기는 화자가 되기도 하면서, 고통으로 충만한 이 작품의 세계를 만들어내고 있는 것이다.

그리고 이 과정에서 가장 흔히 사용되는 문학적 기법은 바로 아이러니다. 이 슬픔의 세계에서 자유로운 화자(또는 작가)와 이선 사이에 존재하는 거리 또는 대비를 필두로 하여, 이 작품은 일종의 우주적 아이러니로 가득 차 있다. 교회에서 열린 무도회를 마치고 돌아오는 매티를 마중 나갔다가 처음으로 그녀에 대한 사랑을 자각하며 영원히 헤어지지 않겠다고 결심한—"여기서 언제까지고 같이 살 거야"(p. 48)— 이선이, 바로 그 결심 때문에 그녀와 동반 자살을 시도하고, 그 결과 영원히 헤어지지 못한 채, 어떻게든 벗어나고 싶었던 부인과 똑같이 변해버린 연인과 죽을 때까지 같이 살게 된 것이 그 좋은 예다. "생각만 해도 감미로운" 둘만의 저녁 시간, "부엌의 난로 양쪽에 내외처럼 앉아…… 언제 들어도 처음 듣는 듯 신선한 그 재미있는 말투로 웃고 재잘거리"(p. 64)는 매티와 적어도 키스 정도의 애무를 기대하며 맞은 그 밤이, 깨진 유리 그릇 때문에 가장 참담한 시간으로 변하고, 궁극적으로 헤일 부인이 보기에도 이선이 가장 안쓰러워 보이는 장면, 겨울에 난방비를 아끼려고 이선과 매티, 지나가 모두 바로 그 부엌에 모여 있는 때로 바뀐다는 것도 기가 막힌 반전이다. 이선이 사랑하는 매티와 떠나려고 지나에게 용서를 비는 편지를 쓰고, 그 편지에서 용기를 얻은 매티가 그와 동반 자살을 결심하고, 그 결과 두 사람 모두 영원히 지나 옆에 살게 되는 것 역시 아이러니컬한 일이다. 이선이 매티와 같이 있으려고 나무 값을 받으러 간다는 거짓말을 꾸며대지만, 바로 그 나무 값 때문에 지나는 매티를 대신할 하녀를 구하는 것도 그렇고, 젊은 시절 이선이 그토록 갈구했으나 결코 누리지 못했던 문화적 혜택—"도서관, 극장, 청년회관"(p. 9)—이 바로 옆 읍내 동네 벳스브리지, 샛스폴스에 생겨났지만, 썰매 사고 이후 24년이 흐른 소설 속의 오늘날, 이선은 그런 혜택을 즐길 시간도, 경제적 여유도, 예술적 안목도 갖추지 못해 여전히 젊은 날의 그와 똑같은 헛된 갈망에 갇혀 지낼 수밖에 없다는 것도 뼈아픈 아이러니라 할 수 있다. 그렇다면 《이선 프롬》은 심상해 보이는 벽촌의 풍경 하나하나, 인물 한 사람 한 사람이 주인공 이선의 불행을 극대화하려고 정교하게 편곡된 일종의 둔주곡(遁走曲)이라 할 수 있겠다.

《이선 프롬》을 끝낸 다음 해인 1912년 6월 워튼은 레녹스에 있는 자신의 저택 '마운트'를 팔고 그 다음 해 마침내 테디와의 이혼 수속을 마무리함으로써 미국과 연관을 끊는다.

오늘날까지도 고전으로 읽히는 《실내 장식(Decoration of Houses)》을 집필할 정도로 일상의 심미적 측면에 관심이 많았던 워튼은 1901년 여름 마운트 건립을 시작한 뒤, 엄청난 시간과 비용을 들여 놀랍도록 아름답고 정교한 정원과 저택을 완성했다. 하지만 워튼 부부가 '마운트'에 입주한 직후부터 남편 테디의 우울증이 악화되고 둘 사이의 관계도 악화일로를 걸음으로써 마침내 《이선 프롬》을 집필할 무렵, 워튼은 친구이자 대작가인 헨리 제임스 등의 충고를 받아들여 테디와의 별거를 결심하고, 2, 3년 후에는 '마운트' 매각과 이혼을 추진하게 된다.

당시 워튼은 《이선 프롬》, 《암초》, 그리고 몇 년 후에 완성되는 《순수의 시대》 등, 삼각 관계를 통해 개인의 도덕적 결정과 그 치명적 결과를 다룬 일련의 연애 소설을 집필하면서 '자기 앞의 생'을 성찰하고 있었다. 그녀는 이 작품들을 구상하고 집필하면서, 25년 전에 결혼했지만 지적·정서적·사회적으로 거의 무의미했고, 결국 지속적인 외도 행각과 심한 우울증으로 더욱 큰 짐으로 변해버린 남편 테디 워튼과의 이혼을 고려하고 있었고, 1908년부터 3년 동안 놀라운 열정과 헌신으로 가꾸어온 풀러튼과의 관계를 정리하려고 애썼으며, 긴 세월 동안 문학적·정서적 지기(知己)였지만 이제 끊임없는 관심과 시간적 희생을 요구하는 대작가 헨리 제임스와의 결별도 고려하고 있었다. 그리고 결과적으로 그녀는 이 세 작품에 등장하는 여러 인물의 시각과 행동을 통하여 이 세 사람에 대한 자신의 입장을 검토, 정리하고, 때로는 가혹할 정도로 예리하게 자신을 포함한 여러 인물의 도덕성과 그 함의를 파헤쳤던 것이다.

풀러튼은 이 작품에서 육감적 매력과 나약함으로 주인공인 프롬을 사로잡는 매티 실버이기도 하지만, 다른 한편으로는 이전의 연애 사건을 해결하려고 워튼의 돈을 뜯어가는 지나 같은 존재이기도 하다. 황홀한 전망과 입체적인 정원, 아름답게 치장된 방들로 가득 찬 '마운트'는 겉보기에는 화려하지만 이선의 초라한 오두막처럼, 단호히 떠나지 않으면 워튼을 영원히 가둬두고 서서히 죽음으로 이끌 수 있는 결혼의 보금자리이자 상징이었고, 워튼의 돈을 뜯어다가 다른 여성들과 살림을 차리면서도 병을 핑계로 한시도 그녀를 떠나지 못하게 하는 남편 테디는 하녀 없이는 금방 죽을 것처럼 엄살을 부리다가 썰매 사고가 나자마자 떨치고 일어나 몇십 년 동안 힘겨운 가사를 도맡을 정도로 강건한 지나와 비슷하다. 그리고 매혹적이면서도 궁극적으로는 치명적인 도덕적 결함으로 가득한 풀러튼과, 정서적으로 언제나 멀리 있으면서도 그녀의 발목을 잡고 놓아주지 않는 남편 테디 사이에서 선뜻 벗어나지 못한 채 갈등하는 워튼 자신은 매티와 지나의 필요와 요구에 굴해 지옥 같은 삶을 받아들이고, 거기서 결코 벗어나지 못하는 이선과 크게 다르지 않다.

그러나 이선을 비롯한 수많은 남녀와 달리 워튼은 자칫 끝없는 악몽으로 이어질 수 있었던 세 사람과의 관계를 자신의 방식으로 정리하고 프랑스로 이주, 《순수의 시대》에 나오는 여주인공 엘렌 올렌스카와 마찬가지로 예술과 문학, 풍요롭고 행복한 사교 생활, 봉사 활동으로 다채롭게 수놓인 새로운 삶을 향유하게 된다. 그와 동시에 창조력의 새로운 분출로, 1920년부터 1937년 세상을 떠날 때까지 거의 1년에 한 권씩 새로운 작품을 펴내는 놀라운 역량을 발휘한다.

그렇게 볼 때 《이선 프롬》은 작가 자신의 삶을 가장 진솔하게 그리면서도 동시에 그 삶이 지닌 다양한 가능성을 가장 어두운 곳까지 철저히 검토함으로써 인간 관계와 거기 내포된 정서적·도덕적 함의를 끝까지 천착한 각성의 기록이라 할 수 있을 것이다.

손영미

옮긴이 **손영미**

서울대 영어교육과를 졸업했다. 같은 대학원 영문과에서
석사를 마치고 박사 과정을 수료한 후,
미국 오하이오 주 켄트 주립대 영문과에서
석·박사(박사 논문은 〈에밀리 디킨슨의 시간시 연구〉) 학위를 받았다.
현재 원광대학교 영문과 교수로 재직하고 있다.
옮긴 책으로는 《여자만의 나라》, 《여권의 옹호》,
《이상한 나라의 앨리스》, 《소공녀》, 《암초》 등이 있다.

이선 프롬

1판 1쇄 발행 2007년 9월   1일
2판 1쇄 발행 2009년 10월 30일
2판 3쇄 발행 2021년 5월 10일

지은이 이디스 워튼 | **옮긴이** 손영미
펴낸곳 (주)문예출판사 | **펴낸이** 전준배
출판등록 2004. 02. 12. 제 2013-000360호 (1966. 12. 2. 제 1-134호)
주소 03992 서울시 마포구 월드컵북로 6길 30
전화 393-5681 | **팩스** 393-5685
홈페이지 www.moonye.com | **블로그** blog.naver.com/imoonye
페이스북 www.facebook.com/moonyepublishing | **이메일** info@moonye.com

ISBN 978-89-310-0658-2 03840

(뒷면 계속)